**Les Purificateurs**

**Épisode 5 : Le cimetière de Highgate**

© Éditions La Rose du Soir
ISBN : 978-2-37846-026-6

Marie d'Ange

# Les purificateurs
# Libera nos

## Épisode V : Le cimetière de Highgate

LA ROSE DU SOIR

« La puissance du vampire tient à ce que personne ne croit
à son existence. »

**Dracula - Bram Stoker**

# Introduction

L'inspecteur Roy Callum scrutait les photographies fixées à l'aide de punaises rouges sur le tableau central. Douze meurtres en l'espace de quinze jours ! Même mode opératoire : le tueur choisit ses futures proies parmi les prostituées. Il en repère une au hasard, se fait passer pour un client et dès qu'il se retrouve dans la chambre de sa victime, il lui ôte la vie pour s'en abreuver. Le quinquagénaire au ventre rebondi détourna le regard de ces affreuses scènes de crime, de ces cadavres au teint blafard. Plus il s'approchait de la mort, moins il supportait de la voir en face.

Jack l'Éventreur, voilà le nom qui s'était imposé à l'esprit de Roy lorsqu'on lui avait confié cette affaire. Jack l'Éventreur aussi s'en était pris à des prostituées, mais à la différence de Jack l'Éventreur, son cousin du 21e siècle ne dépèce pas ses victimes, n'ouvre pas l'abdomen pour en voler des organes. Ce cousin moderne de Jack l'Éventreur se contente de les vider de leur sang. Tout leur sang ! Et de laisser après son passage un corps sec, purgé de son fluide vital. Comment cela était-il possible ? Sur les scènes de crime, la police scientifique n'a relevé aucune goutte de liquide écarlate à côté des dépouilles ni sur leurs vêtements, leur peau, les draps. C'était tout bonnement inexplicable ! Paranormal !

En trente ans de carrière, le Capitaine Roy Callum n'avait jamais rien vu de tel. Un médecin psychopathe, voilà la première chose à laquelle il avait pensé lorsqu'il avait découvert les premières victimes. Peut-être un chirurgien ou un anesthésiste. Ou un thanatopracteur. Mais même en étant doué dans son domaine, comment s'y prenait-il pour évacuer le sang du corps de ses proies en un temps record ? Et sans en perdre une goutte ? Les belles-de-nuit montaient avec des clients environ toutes les heures. Celles qui restaient sur le trottoir guettaient le départ de ces hommes soulagés de leur argent et aux testicules vides. Et ainsi de suite, à tour de rôle, toutes les heures. Les péripatéticiennes se surveillaient, se protégeaient. Si l'un des clients prenait un peu trop de temps, les filles allaient voir ce qu'il se passait, afin de prévenir un éventuel client trop violent. Les prostituées avaient mis en place un système d'autosurveillance très élaboré. Or, personne ne se souvenait du dernier client des victimes. Toutes les femmes qu'il avait interrogées étaient formelles : les victimes étaient montées seules, certainement pour se rafraîchir et ne les voyant pas redescendre, une des filles était allée voir si la passe se déroulait sans encombre.

Le vieil inspecteur regarda avec dégoût les photographies maintes fois examinées dans l'espoir d'y découvrir le détail important qui allait le mettre sur la piste du meurtrier et chaque fois, le visage serein et calme des victimes le surprenait. Ces dernières semblaient s'être éteintes en plein orgasme ! Toutes ces femmes asséchées affichaient une moue d'extase, de plaisir intense. Incompréhensible.

Roy Callum s'assit à son bureau et ouvrit le dossier du médecin légiste. Non seulement il avait affaire à un Jack l'Éventreur des temps modernes, mais aussi à un homme invisible. Les corps des victimes ne présentaient aucune trace de coup, aucune ecchymose. Tout semblait faire croire qu'aucune ne s'était débattue, qu'elle s'était donnée volontairement au meurtrier, corps et âme. Les enquêteurs travaillaient en ce moment sur les nombreuses empreintes trouvées sur les scènes de crime, mais Roy savait que ces recherches étaient vaines. Les résultats montreraient que ces empreintes seraient celles des clients et des prostituées. Pourtant un détail l'intriguait et il était sûr que ce détail était la clé du mystère : le médecin légiste avait découvert, sur toutes les dépouilles, deux minuscules orifices mesurant deux millimètres de diamètre au niveau du cou, qui ont perforé la carotide interne. Des trous de la taille des canines d'un vampire !

Visiblement, c'était par ces ouvertures que le meurtrier avait vidé le sang du corps de ses victimes. Mais les orifices présentaient un petit diamètre, trop petit pour permettre l'évacuation de quatre à cinq litres de sang en moins de trente minutes. Si la plaie avait été plus grande, cela aurait été probable. Scientifiquement, en prenant en compte la viscosité du sang, dont la vitesse de circulation est moins rapide que l'eau, faire écouler cinq litres de ce liquide épais en moins de trente minutes par deux orifices de deux millimètres de diamètre est irréalisable. Ajoutons à cela le processus de coagulation qui intervient rapidement et qui empêche le sang de fuir par la blessure, et cette affaire devient impossible à expliquer. À moins que le meurtrier ait inventé un système d'aspiration très sophistiqué, une machine à sucer le sang performante... Cela était possible, mais Roy Callum émettait de sérieux doutes.

Un vampire ! Voilà à quoi il pensait lorsqu'il réfléchissait à cette affaire. Seul un vampire pouvait réussir un tel exploit ! Seul un vampire pouvait hypnotiser ses victimes, les forcer à s'offrir à lui, et leur donner autant de plaisir dans la mort ! *N'importe quoi, tu débloques mon vieux, les vampires, ça n'existe pas !*

Le mythe du vampire était pourtant bien réel et avait explosé depuis la publication de l'œuvre de Bram Stoke. Le roman « Dracula » avait fait ressurgir la peur du vampire, un peu comme le film « L'Exorciste » de William Friedkin avait fait ressurgir la peur du Diable. Même s'il était de confession chrétienne, même s'il croyait en Dieu, le Capitaine Roy Callum ne pouvait croire au vampire. Il rejetait cette idée. Toute cette affaire ne pouvait qu'être l'œuvre d'un psychopathe très intelligent. *Rien de surnaturel dans toute cette histoire. Et d'ailleurs, les psychopathes sadiques sont réputés pour leur intelligence.* On frappa à la porte de son bureau. Deux coups secs qui le firent sursauter. L'inspecteur Robert Cane se présenta devant lui.

— Nous avons un problème, dit-il.

Il tendit une chemise en plastique rouge à son collègue. Roy Callum la prit, et comprit, à la mine sérieuse de son binôme, que l'heure était grave.

— Nous avons une autre affaire sur les bras, continua Robert Cane, et je ne sais pas si un lien existe entre l'affaire des prostituées et ces nouveaux meurtres.

Roy frissonna. Il ouvrit la chemise, et les premières photographies lui glacèrent le sang.

— On y va de suite, dit-il à son coéquipier.

Il enfila son veston et sortit de son bureau.


Roy Callum arrêta la voiture sur le trottoir, en face d'une magnifique maison en brique rouge de la rue Old Church. Déjà, les policiers avaient délimité un périmètre de sécurité. Cela n'avait pas empêché les curieux, que les gardiens de la paix avaient peine à faire reculer, de s'amasser devant la maison. Pendant le trajet, l'inspecteur Robert Kane avait dressé un rapide bilan de la situation. La femme de ménage, en prenant son service ce matin, avait trouvé les corps sans vie des Robinson et de leurs deux enfants, chacun dans leur lit respectif. Une vraie boucherie d'après les premiers rapports des enquêteurs sur place. *Amityville !* Roy Callum frissonna. *Arrête tes conneries, on n'est pas aux États-Unis !*

La police scientifique était déjà présente sur les lieux. L'inspecteur montra sa carte à l'un des agents et pénétra à l'intérieur du périmètre de sécurité. Dès qu'il franchit le seuil de la maison, une odeur horrible de mort et de sang l'assaillit. Un agent de police se dirigea vers lui.

— Ce n'est vraiment pas beau à voir. La police scientifique vous attend dans la chambre des Robinson.

Il indiqua les escaliers. Malgré le monde qui s'activait dans la maison, Roy Callum ressentit une impression de solitude, un froid glacial s'empara de lui. Il sut, mais sans vouloir le croire, que le surnaturel s'était immiscé dans cette affaire. Et qu'il n'allait pas tarder à découvrir le fameux lien entre ces meurtres et ceux des prostituées. Il s'essuya le front avec son mouchoir brodé. Il respirait fort. De grosses gouttes de sueur perlaient sur son crâne dégarni. Il avait peur. Il essaya d'inspirer calmement afin de contrôler son émotion et se donner du courage et monta les escaliers suivi de Robert Kane.

Lorsqu'il pénétra dans la chambre conjugale, après avoir mis des surchaussures, toute l'horreur de la situation lui sauta aux yeux : les corps sans vie de Janet et Oscar Robinson gisaient sur le lit, complètement disloqués. Du sang tapissait les murs, les draps, le sol. Le policier s'avança au centre de la pièce. Il aperçut un bras d'homme à côté du lit, arraché de la dépouille d'Oscar Robinson. La déchirure présentait des bords inégaux et dentelés. C'est comme si le meurtrier avait tiré sur le membre supérieur pour l'arracher de l'épaule. Il remarqua les tendons d'une longueur effroyable, comme si on les avait étirés jusqu'à la rupture. Un élastique qui pète. Jamais Roy Callum n'avait vu un tel carnage. Il réprima une violente envie de vomir tripes et boyaux et plaqua son mouchoir brodé sur sa bouche. Du coin de l'œil, il aperçut Robert Kane déguerpir à toutes jambes de la chambre. Il l'entendit gerber sur les premières marches de l'escalier. Un cauchemar ! Voilà où Roy Callum était plongé, dans un cauchemar, d'où il ne se réveillerait pas indemne. Il se dirigea vers un inspecteur de la police scientifique qui s'affairait auprès des cadavres et le salua.

Les corps sans vie des Robinson étaient toujours dans leur lit, donc le meurtrier a surpris les Robinson pendant leur sommeil. Mais comment a-t-il fait pour s'occuper de l'un sans éveiller celui qui dormait à côté ? Aucun n'était ligoté. Les dépouilles ressemblaient à une bouillie infâme, du sang avait giclé partout. L'inspecteur regarda le sol. Aucune trace de pas. Pourtant, le tueur aurait dû marcher sur les flaques de sang. Il aurait dû y laisser des empreintes de ses chaussures ! Il remarqua une autre chose aussi très surprenante : les têtes de Janet et Oscar Robinson montraient un angle de cent quatre-vingts degrés. Le tueur fou leur avait retourné la tête ! Seul un être doué d'une force surhumaine aurait pu réussir un tel exploit ! Et plus un brin de peau recouvrait leur corps. Le meurtrier les avait dépecés, faisant jaillir les muscles à nu. Il constata que les victimes présentaient plusieurs fractures ouvertes sur ce qu'il restait de leur corps. Un fou furieux qui leur avait brisé les os comme l'on casse du verre. Les corps sans vie étaient réduits à une bouillie d'épouvante. La scène de crime était une scène d'épouvante. Robert Callum regarda l'inspecteur de la police scientifique. Ce dernier était blanc comme un linge.

— Voici le topo, dit-il. D'après les premiers éléments de l'enquête, les Robinson ont été attaqués pendant leur sommeil, ensemble et apparemment en même temps. Ce que je veux dire c'est que le tueur s'en est pris aux deux au même moment. L'attaque a été si subite que les Robinson n'ont même pas eu le temps de crier. Ou alors on les en a empêchés. Les voisins n'ont entendu aucun cri ou hurlement. Et ils sont formels. Pourtant, les Robinson ne sont pas morts de suite, ils sont morts probablement lorsque ce monstre sanguinaire leur a cassé les cervicales. Le médecin légiste confirmera certainement cette hypothèse.

— Et pour les enfants, demanda Roy Callum.

— Même scène de crime, même atrocité. C'est vraiment horrible. Vous savez à quoi cela me fait penser, à une espèce de Hulk, une bête en colère, d'une force surhumaine qui s'est acharnée sur les victimes.

— La thèse du Hulk en colère peut expliquer l'état des corps, mais n'explique pas l'absence de trace de pas. Un meurtrier qui agit sous le coup de la colère, est impulsif, ne contrôle rien, ne prend pas le temps de crocheter une serrure. Or, là, il n'y a aucun signe d'infraction.

Ces évènements le dépassaient. Au même instant, Robert Kane entra dans la chambre. Il était aussi blanc que le sang qui tapissait les murs était noirâtre. Un contraste saisissant ! Ses yeux bouffis par les innombrables larmes retenues trahissaient son émoi. Nul ne pouvait être insensible à une telle boucherie. Sauf le boucher. Il s'approcha de Roy. Sa voix était chevrotante, le débit saccadé.

— J'ai parlé avec l'inspecteur qui est arrivé en premier sur le lieu. Donc, voici Janet et Oscar Robinson, un couple d'avocats, sans histoire, décrits comme gentils et calmes par les voisins. Des gens aisés qui avaient deux enfants, deux adolescents, eux aussi retrouvés morts dans les mêmes circonstances. D'après les premiers éléments de l'enquête, les Robinson n'avaient pas d'ennemis. De plus, rien n'a été volé, tout est en place dans la maison. L'alarme était encore branchée à l'arrivée des premiers secours, aucun signe d'effraction n'a été signalé.

Roy Callum sortit de la chambre. Il enleva ses surchaussures. Elles étaient imbibées de sang. *Le meurtrier devait avoir du sang sur ses chaussures ! On aurait dû trouver des traces de sang partout dans le couloir, sur les escaliers ! Peut-être a-t-il fait le ménage ?* Cela, l'inspecteur en doutait.

— Cette histoire comporte trop de choses bizarres. Comment expliquer l'absence de trace de pas ? Avec tout le sang qui a giclé partout dans cette chambre, le meurtrier devait en avoir sur lui, sur ses chaussures. Là, il n'y a rien ! Et aucun signe de lutte. Comment a-t-il fait pour faire tenir tranquille les membres de cette famille pendant qu'il s'occupait de sa victime ? Peut-être ont-ils été drogués. Cela le médecin légiste nous le dira.

— Vous croyez que nos deux affaires sont liées, demanda Robert.

— J'ai la vague impression que oui. J'ai la vague impression que la chose qui a réalisé ce carnage n'est pas de notre ressort.

En bas des escaliers, un agent de police l'appelait. Il se dirigea vers lui.

— Nous avons trouvé un truc bizarre à la cave, dit l'agent de police. Suivez-moi.

Roy Callum eut un pressentiment. Il se rendit compte qu'il s'attendait à ce qu'il allait découvrir dans la cave depuis le début de cette histoire. Lorsqu'il entra au sous-sol, il se força à ne pas fuir. Là, sous l'éclairage d'une seule ampoule qui pendait au plafond et qui diffusait une lumière blafarde, il vit ce qu'il redoutait le plus : un autel satanique. Et il sut. Instinctivement, il sut qu'il ne pourrait arrêter le meurtrier. Il eut peur.

— Robert, s'il vous plaît, renseignez-vous sur le couple Robinson et leurs amis.

— Vous croyez qu'ils appartiennent à une secte satanique.

— Ça m'en a tout l'air. Je veux avoir les noms des crétins qui appartiennent à cette secte, car ces gens sont tous en danger de mort. La Bête est de sortie, mais nous ne pourrons pas la forcer à regagner son antre. Nous avons besoin d'un coup de main.

Roy Callum sortit de la maison. Il avait besoin de souffler, de reprendre ses esprits. Il déverrouilla son téléphone portable et fit défiler les contacts. Le temps était venu de faire appel à un ami, lui seul pourra l'aider dans ces deux affaires de meurtres.

# La mission

Centre de la cité du Vatican. Le Père Vincenzo Onoffrio se dirigeait d'un pas pressé vers l'appartement du Père Carlo Rinaldi. Devant le studio de Carlo, il s'arrêta un instant pour reprendre son souffle. Il essuya la sueur qui coulait sur son front à l'aide de son mouchoir. Décidément, il devait se remettre au sport. Il avait la nostalgie du passé où il avait encore le temps de se promener de longues heures en forêt, pas seulement parce que ces ballades lui permettaient de se maintenir en forme, mais aussi parce que cela l'apaisait. Cette communion avec la nature lui manquait. Depuis qu'il avait pris la direction de l'Ordre des Purificateurs, il n'avait plus une minute pour lui. Il ne regrettait pas son choix de rejoindre ce nouvel ordre, mais il était un combattant du Mal, pas un meneur d'hommes. Cette charge, avec toutes les responsabilités qu'elle comporte, il l'acceptait. Elle était pesante parfois, mais elle le comblait. C'était son chemin, celui voulu par Dieu, alors cela lui suffisait pour l'accepter. Dieu lui avait offert des charismes[1], Dieu aspirait à ce qu'il soit en première ligne, et donc Vincenzo assumait ce ministère.

Il frappa à la porte d'entrée de l'appartement de Carlo Rinaldi à l'aide du heurtoir. *Quel bel objet tout à fait singulier !* Ce marteau de porte, de couleur dorée, évoquait la croix des templiers, si ce n'est ce petit quelque chose de différent qui le rendait original. Comme l'Ordre des Purificateurs, qui ressemblait à l'Ordre des Templiers, avec cette nature religieuse et militaire qui les définissait tous les deux. À la différence que les Purificateurs étaient des soldats de première ligne du bien, devant combattre le Mal absolu et sauver les victimes du démon et que les

---

[1]Les charismes sont des dons divins. À ne pas confondre avec les dons reçus par un esprit démoniaque.

Templiers étaient des chevaliers chargés, à l'origine, de protéger les pèlerins. Parfois, Vincenzo se sentait comme un chevalier du Templier, avec ce caractère secret et cette connotation guerrière qui définissaient les Purificateurs. Et, en voyant ce heurtoir, il sut que Carlo pensait aussi appartenir à un nouvel ordre fait à l'image de celui des Templiers si l'on faisait abstraction du côté ésotérique des légendes templières.

Carlo Rinaldi ouvrit la porte. Il portait une tenue décontractée, jean, t-shirt sombre, une tenue sobre qui le rajeunissait. Cela le changeait de son habituel costume noir et sa collerette blanche, qui lui donnait un air trop sérieux, voire austère. Vincenzo ne fut pas étonné de le trouver chez lui, à ce moment de la journée, alors que les autres membres des Purificateurs avaient profité de ces quelques jours de congé pour quitter le Vatican.

Carlo se poussa pour laisser entrer son supérieur.

— Bonjour mon Père, dit-il, je suis surpris de votre visite. Ne deviez-vous pas vous rendre à Saint-Jacques-de-Compostelle pour un pèlerinage ?

— En effet, je devais, mais à mi-chemin, un ami m'a demandé de faire demi-tour.

L'appartement, ou plutôt le studio, de Carlo était minuscule, sobre, et propret. Le lieu vibrait d'une énergie positive très régénératrice. Vincenzo balaya la pièce du regard. Aucun téléviseur ; seul un poste de radio d'un autre temps trônait sur une commode, elle aussi, d'un autre temps.

— Alors c'est là que vous logez ?

Carlo hocha la tête. Tous les membres de l'Ordre des Purificateurs habitaient dans un meublé au sein même de la cité du Vatican. Carlo et Vincenzo avaient choisi les plus petits qui leur furent proposés. Vivre dans le luxe pouvait les dévier de leur mission.

— Vous voulez boire quelque chose, demanda Carlo.

— Je vous remercie Père Rinaldi, mais nous n'avons pas le temps pour cela. L'heure est grave. Quelque chose de terrible est en train de se passer à Londres et nous devons partir au plus vite. Son Éminence, le Cardinal Primiti, va bientôt recevoir un appel très important d'un ami et va me convoquer. J'aimerais que vous téléphoniez aux membres de notre Ordre pour qu'ils écourtent leurs vacances.

14

Carlo Rinaldi fixa son supérieur.

— Est-ce vraiment grave ?

— Plus que vous ne le pensez. Est-ce que je peux compter sur vous ?

— Bien sûr.

Vincenzo hocha la tête et tourna les talons. Déjà, il s'engouffrait dans une des petites ruelles de la cité papale, d'un pas pressé. Carlo lui courut derrière.

— Attendez mon Père, s'il vous plaît. Dites-moi qui est cet ami qui a réussi à vous faire renoncer à ce pèlerinage sur la tombe de saint Jacques.

Vincenzo s'arrêta et fixa le prêtre-psychiatre.

— C'est Padre Pio, mais n'en parlez à personne.

Carlo sourit et retourna chez lui. Il savait que le Père Onoffrio possédait le don de voir et de s'entretenir avec les saints, et parfois les anges. Souvent, il conversait avec son ange gardien. Cela ne l'étonnait pas. Vincenzo Onoffrio avait atteint un tel degré de spiritualité qu'il était branché sur la même fréquence que les anges. Mais ce charisme, offert par Dieu, avait son revers de la médaille : autant il pouvait voir les anges, autant il pouvait voir les démons. Et parfois, ces derniers l'assaillaient et mettaient sa foi à rude épreuve. Mais, Vincenzo était quelqu'un de fort, qui ne craignait pas ces entités maléfiques. Comme il le disait souvent : « les démons me font tout le mal qu'ils sont capables de me faire, car c'est Dieu qui décide. Et si Dieu décide qu'ils s'attaquent à moi, Il me donnera les armes et la force de les vaincre ».

Carlo Rinaldi croyait en Dieu, mais sa foi n'était pas aussi ferme, aussi totale que celle de Vincenzo. Carlo avait étudié la médecine et sa spécialisation, la psychiatrie. Il avait un esprit scientifique. Il savait qu'au-delà de la science, résidait l'inexplicable. Mais, il ne pouvait s'empêcher de penser que la science pouvait tout expliquer. Parfois, ce raisonnement lui faisait perdre un peu de sa foi. Depuis qu'il était entré au sein de l'Ordre des Purificateurs, qu'il avait vu le Mal de près, qu'il l'avait regardé en face, sa foi était revenue. Son rôle, il en était conscient, était de ne pas tomber dans le piège de la peur totale de l'omniprésence du démon. Tout diaboliser n'est pas bon, comme il n'est pas bon de croire que Satan

15

n'existe pas. Or, Satan a réussi l'exploit de faire croire qu'il est omniprésent et en même temps, qu'il n'existe pas. Un véritable exploit diabolique ! Carlo savait que les troubles démoniaques existaient, que Satan n'était pas qu'une représentation symbolique du mal, mais un être doué d'intelligence qui œuvrait partout sur Terre. La maladie mentale existait aussi, et le plus dur consistait à différencier ce qui est du domaine de l'explicable, donc scientifique, et ce qui est de l'ordre du surnaturel. En ce sens, Carlo connaissait cette différence. Son côté rationnel lui était d'une grande aide dans ce domaine.

Carlo s'empara de son téléphone cellulaire et fit défiler la liste de ses contacts. Il s'arrêta au premier nom, Matt Bohé, et appuya sur la touche appel. Il attendit deux sonneries avant d'entendre la voix du jeune ingénieur.

— Matt, bonjour c'est Carlo. Nous avons une urgence, pouvez-vous rentrer au Vatican ?

À l'autre bout du fil, Matt promit de faire son maximum. Il ne se trouvait pas loin du Vatican. Le jeune homme était plutôt ravi d'écourter ses vacances. Il s'ennuyait et Crystal lui manquait.

Carlo appela les autres membres des Purificateurs. Tous promirent d'arriver au Vatican le plus rapidement possible. Seul Dimitri pesta d'écourter ses vacances. Le démonologue avait profité de ces quelques jours de congés pour s'isoler dans sa maison de campagne de Loriol-du-Comtat dans le sud-est de la France. Ici, il pouvait reprendre une activité qu'il affectionnait par-dessus tout, l'écriture, tout en buvant un bon vin de la région issu d'un domaine de Châteauneuf-du-Pape. Il rangea ses notes, s'empara de son ordinateur portable, et mit le tout dans sa valise. Le boulot l'appelait, l'écriture attendrait.

\*\*\*\*

Vincenzo entra dans la cour della Pigna. Son ami, le cardinal Primiti, n'allait pas tarder à le retrouver. Il s'assit sur un banc et contempla la place du Belvédère. Il affectionnait ce lieu, surtout lorsque peu de touristes s'y promenaient. Quelques-uns déambulaient à travers les allées, prenant des photographies, s'arrêtant un instant pour admirer la sculpture d'Arnado Pomodoro.

Le cardinal était un homme singulier, qui aimait discuter de choses sérieuses à l'extérieur de son bureau. Il avait toujours peur que quelqu'un de mal intentionné y pose des microphones, afin de l'espionner pour mieux l'attaquer. Son Éminence croyait aux forces du mal, et luttait contre elles. Mais il savait aussi que le Diable était entré au sein du Vatican et que ses disciples en soutane étaient nombreux. Il avait plusieurs fois dénoncé les messes noires qui se pratiquaient à l'intérieur de la cité papale et était conscient des innombrables faux amis qui gravitaient autour de lui, de faux hommes de Dieu qui ont prêté allégeance à Satan. Walter Primiti était ce genre de personnes qui respectait les paroles de Jésus-Christ à la lettre, mais non celles posées en tant que dogme par l'Église catholique. Et cette position lui avait valu quelques remontrances. Mais il ne voulait pas renoncer à son combat. Il avait fondé l'Ordre des Purificateurs, car il savait que ce combat devait s'accomplir sur le terrain. De son côté, il s'occupait, avec quelques autres disciples, de propager la parole du Christ et de dénoncer les aberrations de la hiérarchie ecclésiastique.

Vincenzo le vit arriver au loin. Il se leva et marcha à sa rencontre. Le cardinal le salua en levant sa canne. Lorsqu'il fut proche de lui, Vincenzo voulut baiser son anneau cardinalice, mais Walter Primiti retira vivement sa main.

— Voyons mon ami, vous savez que j'ai ce protocole en horreur ! C'est devant le Seigneur que vous devez vous agenouiller, pas devant moi ! Relevez-vous s'il vous plaît, et marchons un peu.

Le prêtre-exorciste marmonna quelques mots d'excuse et prêta son bras à son supérieur pour qu'il puisse s'y appuyer. Ce dernier accepta bien volontiers cette aide et les deux hommes de Dieu se mirent à marcher le long des allées de la cour Supérieure de la place della Pigna. Ils marchèrent en silence un moment, jusqu'à un banc. Le cardinal prit place sur le siège en bois en soupirant.

— Ho, mon ami, la vieillesse est notre ennemie la plus pernicieuse. Avant je trottinais, je gambadais, je pouvais marcher des kilomètres sans ressentir la fatigue. Aujourd'hui est arrivée la vieillesse, qui petit à petit a installé sa congénère l'arthrose. Croyez-moi, la vieillesse n'arrive jamais seule, plusieurs amis l'accompagnant toujours, des compagnons que l'on nomme la sénilité, la cataracte, l'incontinence, l'ostéo-arthrite, la confusion… et j'en passe.

Vincenzo prit place à son tour sur le banc et examina son vieil ami. Effectivement, il vieillissait, ses nombreuses rides marquaient son âge avancé. Mais il n'avait pas perdu son regard pétillant de vie, d'intelligence qui le caractérisait, ce regard qui savait faire preuve de discernement et de courage. Le cardinal posa ce regard empli de vitalité sur Vincenzo.

— J'ai reçu un appel téléphonique d'un ami de longue date, l'inspecteur Roy Callum. Il se passe des choses à Londres et nous devons intervenir. Dans cette affaire, je suppose des personnes influentes socialement devenues satanistes. Nous devons nous montrer prudents, car ces personnes ne nous laisseront pas faire. Mais des vies innocentes sont menacées, alors nous devons agir vite. J'en prendrai toutes les responsabilités. Je vous demande de vous rendre à Londres pour faire le ménage. Peu m'importe les méthodes que vous utiliserez, vous devez nettoyer Londres de cette vermine qui prolifère à chaque coin de rue. Vous prendrez contact avec l'inspecteur Roy Callum, je lui ai déjà promis de lui envoyer une équipe, la meilleure. Il attend votre appel.

Le prêtre-exorciste hocha la tête. On l'avait formé pour le combat sur le terrain, il savait comment « nettoyer », comment ne laisser aucune trace de son passage.

— J'ai conscience que vous arriverez à sauver quelques satanistes, continua le cardinal dans un soupir, d'autres prendront rapidement leur place. Le Malin n'aime pas le vide. Faites de votre mieux. Je prierai pour ces pauvres âmes et pour vous.

\*\*\*\*

Dans la soirée, presque tous les membres de l'Ordre des Purificateurs étaient réunis dans la grande salle. Il ne manquait plus qu'une seule personne pour démarrer la réunion : Dimitri Marchand. Ce dernier avait sauté dans le premier avion en direction de Rome, et ne devait pas tarder à atterrir.

Dans l'après-midi, Vincenzo Onoffrio avait planifié leur future mission. Carlo, Margareth, Daniel, Matt et Crystal l'avaient aidé. Élisabeth les avait rejoints en fin d'après-midi. Margareth avait passé plusieurs coups de téléphone : réserver des chambres d'hôtel, prévenir la police londonienne de leur arrivée, demander une autorisation de décollage du jet privé... Crystal avait déployé tout son savoir-faire pour rechercher des informations sur les péripatéticiennes retrouvées assassinées, ainsi que sur la famille Robinson. Matt l'avait beaucoup aidée et à eux deux, ils avaient abattu un travail considérable. Enfin, Vincenzo et Carlo s'étaient renseignés sur les démons qui pourraient provoquer de tels drames. À plusieurs reprises, Vincenzo avait pesté contre l'absence du démonologue.

Tous, autour de la table, discutaient de cette future mission qui semblait très difficile et surtout particulière. Douze prostituées vidées de leur sang, une famille assassinée dans des conditions atroces. On attendait le rapport du médecin légiste que l'inspecteur Roy Callum devait envoyer par mail d'un moment à l'autre. Le prêtre-exorciste s'était entretenu dans la matinée avec Roy Callum et d'après les premiers éléments de l'enquête, ce dernier était persuadé que tous ces meurtres étaient liés et qu'un démon tirait les ficelles. Encore fallait-il le débusquer pour faire cesser ces tueries. L'inspecteur avait ajouté qu'il avait peur qu'une autre famille soit assassinée. Déjà, toute la presse londonienne s'était emparée de l'affaire et diffusait les photographies de l'autel satanique retrouvé au sous-sol de la maison des Robinson. Cela avait créé une vague d'indignation auprès du grand public. Du côté des politiciens et des personnes influentes, on ne voulait pas que l'affaire s'ébruite et l'on faisait pression sur Roy Callum. Du côté des Londoniens, on découvrait un monde noir, funeste et l'on criait au scandale.

Soudain, la porte d'entrée de la salle de réunion s'ouvrit et Dimitri Marchand apparut en portant une valise noire.

— Désolé pour mon retard, j'ai fait du mieux que j'ai pu pour arriver le plus vite possible.

Vincenzo se leva.

— Nous n'attendions plus que vous et je suis heureux que vous soyez là.

Dimitri tenait encore sa valise en main.

— Je pense que je n'ai pas besoin de la défaire, n'est-ce pas ?

— C'est exact, répondit Margareth, nous partons dans quelques minutes.

Dimitri prit place autour de la table. Crystal lui tendit un dossier. Le démonologue la remercia par un large sourire. Vincenzo se tourna vers lui.

— Monsieur Marchand, je vous fais un rapide résumé de la mission qui nous concerne. C'est son Éminence qui nous demande de nous rendre à Londres, un de ses amis réclame notre aide dans une sombre affaire de meurtres.

L'exorciste fit un signe de tête à Crystal qui alluma le rétroprojecteur.

— En fait, dit la jeune femme, la police londonienne nous a envoyé deux affaires distinctes, mais nous ne savons pas encore si ces deux affaires sont liées ou pas. Donc, la première affaire concerne une série de meurtres. Douze prostituées. Même mode opératoire, profil des victimes identique. Toutes ont été retrouvées dans leur chambre vidées de leur sang. Pas de trace de lutte, aucune empreinte, et personne n'a vu ou aperçu le tueur.

— Vidées de leur sang, s'exclama le démonologue. Comment est-ce possible ?

— C'est justement un des mystères que nous devrons résoudre, dit Carlo. Le médecin légiste a retrouvé deux minuscules trous au niveau de l'artère carotide chez toutes les victimes sans noter la présence de sang sur les scènes de crime. L'absence de sang sur les scènes de crime est troublante. Et ces femmes sont toutes mortes dans une sorte d'extase.

— Un vampire ! C'est l'œuvre d'un vampire, dit Dimitri.

— C'est bizarre, mais c'est aussi à un vampire que j'ai de suite pensé lorsqu'on m'a parlé de cette affaire, dit Matt.

— Pourtant le vampire est mythe, rétorqua Daniel.

— Non, répondit Dimitri, le vampire est une créature réelle. Les différents folklores locaux lui ont ajouté des attributs. Beaucoup pensent que le vampirisme est une malédiction, mais je pense qu'il est en fait soit un possédé, soit un damné. J'ai déjà commencé à bosser sur le sujet lors de notre dernière enquête, je vais l'approfondir.

Vincenzo acquiesça.

— L'autre élément bizarre, dit-il, dans cette série de meurtres, est que personne n'a vu ou aperçu ce « vampire ».

— En effet, continua Daniel. Les prostituées ont mis au point un système d'autosurveillance, afin d'intervenir rapidement dès qu'un client devient un peu trop violent. Or, personne n'a vu monter les victimes avec le tueur, personne ne se souvient avoir vu une personne suspecte rôdant près des victimes.

— J'expliquerai cela, dit Dimitri, par cette qualité du vampire : l'autosuggestion. Le vampire, d'après certains folklores, possède la capacité d'hypnotiser ses victimes. C'est ainsi qu'il peut les approcher. Et en buvant leur sang, il procure aux victimes leur dernier orgasme.

— Voilà pourquoi, s'écria Matt, ces femmes semblent en extases !

Élisabeth lui sourit.

— Toi qui regardes beaucoup de séries et qui joues à des jeux vidéo apocalyptiques, tu ne savais pas que le vampire donne, comme en cadeau, un ultime moment d'extase à sa proie ! C'est pour cela que ses victimes ne se débattent pas.

Matt rougit et baissa la tête. Vincenzo fit signe à Crystal de reprendre son exposé. Elle actionna la télécommande du vidéoprojecteur et une nouvelle photographie apparue.

— Voilà notre seconde affaire. Cette nuit, un monstre sanguinaire a décimé la famille Robinson d'une manière totalement atroce. Quatre personnes tuées en une seule nuit ! Ici, le meurtrier ou les meurtriers se sont déchaînés sur ces pauvres âmes. Chose étrange : les enquêteurs ont retrouvé chaque victime dans leur lit respectif. Aucune n'a eu le temps de crier, de se débattre, de fuir. La police londonienne nous a envoyé quelques clichés des scènes de crime, mais je préfère fermer les yeux. Je ne veux plus les regarder, cela m'a retourné l'estomac.

Crystal baissa la tête et actionna la télécommande. Elle compta cinq secondes et appuya à nouveau sur la touche de la télécommande. Elle fit défiler ainsi les photographies, devant Dimitri qui réprima une violente envie de vomir. Ses yeux se remplirent de larmes.

— Merde ! Mais qui a pu faire ça ?

Crystal éteignit le vidéoprojecteur et revint s'asseoir autour de la table ovale. Élisabeth ouvrit les paupières. Elle remarqua que Matt était livide. Elle posa une main sur son bras.

— Ça va ?

Le jeune homme parvint à esquisser un sourire. Il passa une main tremblante dans ses cheveux épais et bouclés.

— Ça va, mais je crois que je n'arriverais jamais à m'y faire.

— Personne ne peut s'habituer à ça, répondit Margareth. Personne ne peut s'habituer au Mal absolu.

Vincenzo se tourna vers le démonologue.

— L'inspecteur Callum a découvert un autel satanique érigé dans la cave des Robinson. Les photographies se trouvent dans votre dossier. J'aimerais que vous les analysiez. Peut-être pourrez-vous nous dire quel démon a pu commettre une telle atrocité.

Dimitri hocha la tête. Blême, les yeux embués de larmes, les images qu'il venait de voir l'avaient profondément choqué. Margareth lui tendit un verre d'eau.

— Buvez, dit-elle. Et profitez-en pour avaler votre cachet, car nous décollons dans moins d'une demi-heure.

Cette parole donna le signal de départ. Tous se levèrent et attrapèrent leurs valises. Tous se dirigèrent vers le taxi qui devait les mener à l'aéroport.

\*\*\*\*

À bord du jet privé, Dimitri semblait inquiet. Carlo vint s'asseoir près de lui.

— Vous allez bien ?

Le démonologue regarda le prêtre quelques instants.

— À vrai dire, répondit-il, je ne vais pas bien. Je suis soucieux. J'ai un drôle de pressentiment sur cette affaire. Et pour couronner le tout, j'ai perdu ma chaîne et mon crucifix quelque part entre la France et l'Italie. J'ai la désagréable impression que cela est un signe.

— Je ne crois pas aux signes, ces choses font partie des superstitions et la Bible est très claire à ce sujet. Perdre un collier peut arriver à n'importe qui.

Carlo ouvrit sa mallette en cuir et en retira un crucifix en métal argenté. Il le serra dans sa main et récita quelques prières.

— Tenez, prenez ce crucifix. Peut-être vous aidera-t-il à retrouver votre sérénité.

Dimitri remercia son ami et glissa le crucifix dans la poche de son veston. Il en ressentit un réel soulagement.

Au même instant, Vincenzo Onoffrio sortit de la cabine de pilotage suivie d'Élisabeth. Tous avaient remarqué la proximité qui s'était peu un peu instaurée entre Élisabeth et Daniel. La jeune femme aimait discuter avec Daniel et profitait toujours de ces moments de calme en plein vol pour prendre place à ses côtés dans le cockpit.

— Je réclame votre attention à tous, dit Vincenzo. J'ai demandé à monsieur Zio de brancher le haut-parleur afin qu'il entende notre discussion. Monsieur Bohé, veuillez s'il vous plaît, entrer en contact avec mademoiselle Louvière afin qu'elle participe aussi à nos échanges. Nous devons faire un point sur l'affaire qui nous mène à Londres.

Matt s'exécuta. Il ressentit une douce vague de chaleur lorsqu'il vit la bouille de son amie. Son grand sourire, son côté excentrique, foufou… il adorait sa bonne humeur.

— Si tout le monde est prêt, dit Vincenzo, commençons. Avez-vous eu le temps de relire le dossier concernant ces affaires ?

— J'ai noté une chose qui m'a beaucoup surprise, dit Margareth. Lorsque l'on examine les photographies des prostituées et qu'on les compare à celles de la scène de crime des Robinson, quelque chose m'intrigue et me trouble à la fois : dans les premières images, on a une impression de calme, de propre, pas une goutte de sang, comme si le meurtrier avait tout prémédité. Dans la seconde série de photographies, on a une impression de désordre, avec du sang qui a giclé de partout, une impression de brouillon et de rage, d'attaque sauvage non calculée.

— C'est vrai, dit Élisabeth, j'avais noté cette différence. Concernant l'affaire des prostituées, j'ai l'impression que ce monstre est un homme avec des pouvoirs démoniaques. Concernant l'affaire des Robinson, j'ai l'impression que c'est un démon qui a attaqué cette pauvre famille.

— Pas si pauvre que cela, répliqua Crystal. Les Robinson sont des notables. Ils ont de l'argent et possèdent beaucoup d'actions et biens immobiliers. De plus, en fouillant un peu partout, j'ai la confirmation qu'ils appartenaient bien à une secte satanique, avec plusieurs de leurs amis proches. Je vous envoie la liste de leurs amis satanistes.

— Peut-être est-ce une vengeance démoniaque, dit Matt. Peut-être qu'ils ont mis en colère le démon qu'ils ont invoqué ?

— C'est possible, répondit Dimitri. Lors des messes noires, les participants promettent aux démons fidélité, obéissance, honneurs, sacrifices... Mais si ces promesses ne sont pas tenues, les démons se vengent afin de récupérer leur dû. En examinant l'autel érigé dans la cave des Robinson, je peux vous dire que ce groupe pratiquait un satanisme syncrétique, c'est-à-dire mêlant plusieurs croyances et rituels issus de la cabale, de la goétie… Maintenant, je ne peux affirmer s'ils invoquaient un seul démon ou plusieurs. Je dois voir cet autel pour m'en faire une idée plus précise.

— C'est prévu, dit Vincenzo. Pensez-vous que ces deux affaires soient liées ?

— Je ne sais pas, répondit Dimitri. Tout ce que je peux vous dire c'est que dans l'affaire Robinson, un ou plusieurs démons sont derrière toute cette histoire. Concernant les prostituées, je ne peux pas encore me prononcer.

— Il est vrai, dit Carlo, que lorsque l'on regarde les rapports du médecin légiste, on ne peut expliquer comment le meurtrier a réussi à vider le sang du corps de ses victimes, sans que l'on en retrouve une goutte sur les scènes de crime, et en si peu de temps. C'est un mystère, mais peut-être que l'explication est rationnelle. Peut-être que ce psychopathe suceur de sang a développé une technique pour aspirer le sang de ses proies. L'autre question est : à quoi lui sert tout ce sang ?

— Peut-être à le vendre à des satanistes pour leurs rituels, cria Daniel à travers le haut-parleur.

— Je ne pense pas, répondit Dimitri. Les satanistes ont besoin de sang pur, d'innocents, pour leurs cérémonies démoniaques et ils considèrent les prostituées comme des femmes impures, souillées et appartenant déjà à Satan.

— Et si, demanda Margareth, les rituels sataniques des Robinson ont réveillé un démon qui a transformé l'un d'eux en vampire ? Imaginons que ce rituel visait justement cette transformation, mais que les satanistes ont perdu le contrôle et que le démon s'est retourné contre eux. Cela arrive souvent, trop souvent.

— Alors nos deux affaires sont liées, répondit Carlo.

— Voilà comment nous allons procéder, dit Vincenzo. Monsieur Marchand et Père Rinaldi, vous vous rendrez à la morgue. Le médecin légiste vous y attend. Monsieur Zio et mademoiselle Ivodric, vous irez enquêter dans le quartier des prostituées. Interrogez les filles et visitez les chambres où il y a eu des meurtres. Peut-être qu'une vision nous mettra sur la piste du tueur. Quant aux autres, nous retrouverons le lieutenant Roy Callum qui nous amènera chez les Robinson. Monsieur Bohé, prenez avec vous tout votre matériel informatique, vous allez filmer les scènes de crime, les photographier afin de les analyser. Mademoiselle Louvière vous aidera. Monsieur Marchand, dès que vous en aurez fini avec le médecin légiste, vous nous rejoindrez pour examiner l'autel satanique.

Tous acquiescèrent.

# Flash-back n° 1

Cimetière de Highgate, sur la colline de Hampstead Hill, au nord de Londres. La dernière demeure de Karl Marx. Cimetière de Highgate et ses habitants nocturnes. Entre les tombes décrépies, les mausolées à l'abandon et les allées lugubres, on y trouve, la nuit, de drôles d'énergumènes. Pas du genre surnaturel, mais du genre bien humain, à la recherche de sensations fortes. Des curieux traquant le vampire, qui d'après la légende, habiterait le cimetière. Des satanistes s'offrant à Satan dans des cérémonies macabres et glauques.

Le groupe de personnes qui s'était réuni cette nuit, près des tombes, n'était pas des chasseurs de fantômes. Le mythe du vampire de Highgate ne les intéressait pas, même si cet être légendaire se trouvera au cœur de leur quête. Tous vêtus de longues toges noires et épaisses, ils marchaient en procession vers le fond du cimetière. À la tête du cortège, un individu tenant une torche dans sa main. La capuche en pointe de sa toge noire cachait son visage. Chaque pas, il scandait deux mots : « Satanis veni », chaque fois, ceux qui le suivaient répétaient après lui les mêmes mots. Ce cortège avait quelque chose de solennel et d'étrange à la fois. Des hommes et des femmes marchant la tête baissée, ressemblant à de sombres fantômes. Fantasmagorique. Voilà à quoi faisait penser cette scène. Fantasmagorique et ridicule. Ridicule, car quiconque verrait cette procession ne pourrait s'empêcher de rire tant ce cérémoniel était pompeux.

Soudain, le chef de file s'arrêta devant une haute colonne au sommet tronqué. Une tombe abritant certainement le corps d'un bourgeois ou d'un aristocrate. Le chef de la cérémonie invita les autres à former le cercle. Ses disciples se placèrent tout autour de lui, l'entourant et encerclant la colonne et la tombe.

— Voici l'endroit choisi par notre protectrice, dit le prêtre noir, celui où nous l'invoquerons ce soir.

Il fit signe en direction d'un disciple. Ce dernier, une femme, s'avança, apportant un livre qu'elle tint ouvert devant le prêtre noir.

— Nous allons débuter le rituel. Que tout le monde se mette en place.

Chacun resserra le cercle. Tous rabattirent leur capuche pointue sur leur tête et brandirent leur crucifix inversé. Le prêtre noir regarda sa partenaire. Elle tremblait. Dans ses yeux, il lut de la peur. Cela l'irrita. Il s'approcha d'elle et lui glissa à l'oreille : « Reprends-toi, nous devons le faire. Nous en avons discuté. » La jeune femme baissa la tête. Elle n'était plus trop sûre de vouloir le faire.

Elle, c'était Lily Tremblay, jeune avocate très prometteuse. Son petit-ami, le prêtre noir, s'appelait Charlie Wilson, lui aussi avocat de métier. Deux satanistes théistes qui conjuraient régulièrement les démons, avec leur groupe. Mais ces réunions secrètes se passaient souvent dans les caves, jamais dans les cimetières. Cela était une première ! Habituellement, ces satanistes se contentaient de se rassembler autour d'un bon dîner, de discuter ésotérique autour d'un verre, de réciter quelques invocations et prières sataniques et de clôturer la soirée par une orgie. Pour Lily, tout cela ressemblait à un jeu, un jeu de rôle, où elle revêtait sa panoplie de prêtresse noire afin d'assouvir ses pulsions sexuelles. Et lorsque le jeu était terminé, elle redevenait une avocate de vingt-huit ans à l'apparence irréprochable.

Ces derniers temps, Charlie s'était mis en tête une chose insensée et avait réussi à convaincre le groupe de l'accompagner dans son délire. Pour certains, se rendre dans un cimetière rimait avec nouvelle aventure, pour d'autres, cela rimait avec nouvelle expérience. Et tous étaient enthousiasmés à l'idée de vivre de nouvelles sensations. Et personne, à aucun moment, ne s'était dit que cela allait réveiller des entités maléfiques d'une incroyable force qu'ils ne pourraient contrôler.

— Commençons, dit Charlie.

Et il commença la lecture des versets du rituel. Les autres entamèrent une danse macabre, tournant autour de lui et de la haute colonne en pierre. Charlie s'en approcha pour y déposer un calice noir orné d'un pentagramme. Il psalmodia quelques mots et invita ses compagnons satanistes à se joindre à lui. Chacun, à tour de rôle, s'avança près de la colonne. À chacun, Charlie tendit une dague, avec laquelle les adeptes de Satan se tailladèrent la paume de la main afin de verser un peu de leur sang dans la coupe. Durant ce cérémonial, Charlie récitait d'étranges formules rituelles, en langue inconnue, parfois en latin, parfois en araméen. L'avant-dernière personne à donner son sang en offrande fut Lily, qui posa le grimoire à terre et qui s'approcha. Elle prit la dague dans sa main. Elle supplia son petit-ami du regard.

— Fais-le, ordonna Charlie.

Elle baissa les yeux. Deux minuscules larmes coururent sur ses joues. Elle ne prit pas la peine de les essuyer. Elle appuya la courte lame tranchante contre sa paume. Elle serra les lèvres. Quelques gouttes de sang s'échappèrent de la coupure. Lily se baissa et les laissa couler dans le calice, puis tendit la dague à Charlie, qui à son tour, s'entailla l'intérieur de la main.

Le calice rempli du sang de tous les satanistes, Charlie le prit et le porta au-dessus de sa tête. Lily s'approcha de lui, avec le grimoire ouvert sur un passage spécifique. Charlie semblait comme en transe. Ses yeux injectés de sang se révulsaient. Il sentait une présence invisible en lui, autour de lui. Il sentait sa force. Il sentait sa puissance. Cette puissance le galvanisait. Et dans un dernier cri de rage, il invoqua la démone Hécate.

— Hécate, déesse de la lune noire, déesse des carrefours, viens à moi qui t'appelle. Je t'offre notre sang. Prends cette offrande et daigne apparaître devant nous.

Les autres scandèrent après lui ces mots :

—Hécate, daigne apparaître ! Hécate daigne apparaître ! Hécate daigne apparaître !

Charlie versa un peu du sang que contenait le calice sur la colonne.

— Ho déesse des carrefours, goûte à ce sang et daigne apparaître.

Un grand vent souffla qui fit crisser les arbres et qui souleva les feuilles mortes. Très vite, un tourbillon se forma et au milieu de ce tourbillon, se dessina une silhouette. Celle d'une femme. Spectre vêtu de noir au visage blafard et aux longs cheveux hirsutes, aux yeux flamboyants. Hécate se matérialisa, accompagnée de ses compagnons, une jument, une louve et une chienne.

— Que me veux-tu mortel ?

Sa voix était forte, menaçante. Charlie s'agenouilla devant la démone. Il tremblait. Jamais un démon n'était apparu devant lui, malgré les multiples invocations lors des messes sataniques. Autour de lui, il remarqua que ses amis reculaient. Ils étaient choqués, terrorisés. Pour eux, tout cela n'était qu'un jeu, ils n'y croyaient pas vraiment. Mais devant ce spectre, devant cette puissance infernale matérialisée, ils n'en menaient pas large. Lily Tremblay laissa tomber le grimoire par terre. Le lourd livre souleva une nuée de sable lorsqu'il heurta le sol dans un bruit sec. L'avocate poussa un cri de surprise. Des larmes inondèrent ses yeux sans qu'elle puisse les retenir.

La démone Hécate dévisagea chaque sataniste, l'un après les autres, avec une moue de dégoût. Le bruissement des serpents s'emmêlant dans ses cheveux était terrible. Ses yeux lançaient des éclairs. D'une main, elle caressait sa louve. D'une autre, elle retenait sa chienne qui grognait et montrait les dents. La démone se mit à rire, un ricanement effrayant qui transperça le silence de la nuit. Autour, tous les animaux et même le vent avaient cessé de bouger. Tout était figé.

— Mais me voilà devant une belle bande d'incapables, dit Hécate. Comment avez-vous osé m'invoquer ?

Charlie se redressa.

— Je m'excuse ma déesse…

— Silence mortel ! Je t'ai pas demandé de parler ! Comment avez-vous pu me déranger, vous qui n'êtes rien ? Vous avez déclenché ma fureur ! Vous périrez tous pour cet affront !

— S'il vous plaît, oh déesse, daignez nous accorder votre miséricorde, je vous en supplie.

Hécate le regarda un instant.

— Donne-moi le calice.

Charlie le lui apporta. Hécate respira l'odeur du sang, puis le goûta. Ses yeux se posèrent à nouveau sur Charlie.

— Vous êtes de pauvres bougres, cela se sent dans l'amertume de votre sang. Mais j'y devine aussi votre divine perversion, alors j'accepte cette offrande. Et toi, je sais ce que tu désires et je vais te l'accorder. Mais attention, un pacte est un pacte, et personne ne pourra le briser !

Elle s'approcha de Charlie toujours accroupi devant elle et le fit se relever.

— Dorénavant, tu me seras fidèle et tu vivras ici, dans ce cimetière, en paria. Tu te nourriras de sang et tu craindras le jour. Ton âme m'appartiendra et tu me devras obéissance.

Puis, elle se tourna vers les autres.

— Et vous, n'essayez pas de sauver votre ami, sinon vous périrez. À présent, il est à moi ! Fuyez, rentrez chez vous ! De suite !

Tous se mirent à courir, certains silencieux, d'autres en hurlant. Seule Lily resta sur place. Désespérée, elle regarda son fiancé qui commençait déjà à perdre son humanité.

— Non, cria-t-elle, non ! Je vous en supplie, laissez-le partir.

Hécate se tourna vers la jeune fille.

— C'est lui qu'il l'a voulu, donc je lui donne ce qu'il a demandé. Quant à toi, décampe d'ici avant que je décide de te tuer en t'envoyant mes compagnons.

Déjà, le chien et la louve montraient les dents. Lily se mit à pleurer. Elle supplia Hécate, encore et encore.

— Tu m'casses les oreilles, hurla Hécate. Et tu vas périr dévorée par mon chien pour cet affront !

Le chien, tous crocs dehors, s'élança vers Lily. Au même moment, Oscar Robinson arriva derrière la jeune avocate, s'empara d'elle et la poussa en arrière, lui évitant ainsi le premier assaut du chien démoniaque.

— Viens, cria-t-il à Lily, Charlie est perdu.

Il prit la jeune femme sur ses épaules et courut rejoindre les autres. À mi-chemin, il se retourna. Le chien ne les suivait pas ni le loup. Hécate s'occupait de Charlie. Et dans une vision d'horreur, il vit son ami se métamorphoser en vampire. Il baissa les yeux et posa la jeune femme à terre. Elle pleurait toujours, mais maintenant, silencieusement.

— Charlie est mort, il est devenu un damné. Nous ne pouvons pas le sauver, il est perdu. Il a joué avec des forces qu'il ne contrôlait pas, il a perdu.

— Je trouverai un moyen de l'arracher des griffes d'Hécate.

Et Lily partit rejoindre les autres au pas de course. Tous sortirent du cimetière, hébétés, effrayés. Tous savaient que quelque chose de terrible venait de se passer, mais préféraient ne pas y penser. Tous, sauf Lily, qui était déterminée à sauver Charlie.

# Retour au présent

Vincenzo, Matt et Margareth sortirent du taxi jaune qui les avait déposés devant le commissariat central de Londres. Vincenzo remercia le chauffeur et paya la course. Matt, qui ajustait son sac à dos sur les épaules, ne put s'empêcher de sourire en entendant l'accent anglais de son supérieur. Décidément, Vincenzo n'aimait pas tout ce qui était nouveau, ou du moins, tout ce qui n'était pas ancien. Il savait parler latin, araméen, grec ancien... mais prononcer quelques mots dans une langue vivante étrangère était pour lui un véritable parcours du combattant. Le prêtre-exorciste se transformait alors en un collégien, un adolescent chez qui l'effort réclamé était incommensurable.

Les trois membres de l'Ordre des Purificateurs entrèrent à l'intérieur du commissariat. Une bruyante effervescence y régnait. Tout le monde s'affairait partout. Vincenzo s'avança près du bureau de l'accueil où un jeune policier lui sourit et lui demanda, avec cette amabilité qui caractérise tant les Anglais, comment il pouvait l'aider. Vincenzo fronça les sourcils. Il n'avait rien compris à la question. Il se tourna, désespéré, vers Margareth et la supplia du regard de lui venir en aide. Mais ce fut Matt qui vint à sa rescousse et c'est dans un anglais parfait qu'il expliqua que l'inspecteur Roy Callum les attendait. Le policier répondit qu'en effet ce dernier les attendait dans son bureau et leur fit signe de le suivre.

Dubitatif, Vincenzo regarda Matt.

— Je ne savais pas que vous arriviez à converser aussi facilement en anglais.

Matt sourit.

— L'anglais est le langage de l'informatique.

Le policier leur fit traverser un long couloir desservant plusieurs bureaux. Ils y croisèrent plusieurs hommes en uniforme qui couraient dans tous les sens.

— Mais qu'est-ce qu'il se passe ici, s'exclama Margareth, on dirait qu'il y a eu une catastrophe ?

— Tout cela ne présage rien de bon, répondit Vincenzo.

Enfin, ils entrèrent dans un bureau où un quinquagénaire au crâne dégarni et au ventre arrondi les accueillit chaleureusement. Il semblait soulagé de les voir.

— Je vous remercie d'avoir répondu aussi rapidement à mon appel, dit Roy Callum. Asseyez-vous, prenez place. Le cardinal Primiti m'a annoncé votre venue et je le remercie pour son aide précieuse. Voulez-vous quelque chose à boire ? Un café ?

Vincenzo fit non de la tête. Il prit place sur une chaise, devant le bureau ovale pendant que l'inspecteur se rassit dans son fauteuil.

— Je vous remercie, mais nous n'avons pas le temps pour les mondanités.

— Vous avez raison, répondit Roy Callum. Vous devez être le Père Onoffrio.

Vincenzo hocha la tête.

— Et voici une partie de mon équipe, sœur Margareth et monsieur Matt Bohé.

L'inspecteur leur serra chaleureusement la main.

— Merci encore d'avoir répondu à mon appel aussi rapidement. Avec cette histoire, je crois devenir fou. Je ne sais plus quoi penser. Tout est étrange. Nous avons sur les bras deux affaires distinctes, mais j'ai le pressentiment que ces deux affaires sont liées. Cette affaire des prostituées et ce psychopathe-vampire d'un côté et cette affaire de meurtres de la famille Robinson d'un autre côté.

— Que savez-vous sur les Robinson ?

— Pas grand-chose. Les Robinson habitaient un quartier bourgeois de

Londres, c'étaient des gens plutôt aisés, inconnus de la justice, des notables qui ont fait fortune rapidement. Mais sans histoires.

Le téléphone de Matt sonna, rompant la conversation. C'était Crystal. Il prit l'appel sous l'œil interrogateur de Vincenzo.

— C'est Crystal, dit Matt, elle a déniché quelques informations concernant la famille Robinson.

— Mettez-la sur haut-parleur, dit Vincenzo.

Aussitôt, la voix de Crystal résonna dans le bureau de l'inspecteur.

— J'espère que vous êtes bien assis, parce que j'ai quelques révélations croustillantes à vous donner. Voilà, donc Oscar Robinson était franc-maçon à jour de ses cotisations. Et en m'intéressant aux personnes qui appartiennent à son obédience, j'ai découvert que pratiquement tous ses voisins en font partie et que parmi ces noms se trouvent ceux appartenant à la secte satanique. Je vous ai envoyé la liste de ses amis francs-maçons. Je continue à fouiller et je vous appelle si je trouve d'autres détails du même genre.

— Merci mademoiselle Louvière, dit Vincenzo, c'est du bon travail.

Et Matt coupa la communication. Vincenzo regarda Margareth, qui hocha la tête. Décidément, cette affaire se compliquait.

— Je pense que cette information intéressera beaucoup Dimitri, dit-elle.

Roy Callum regarda le prêtre, puis la sœur, puis le prêtre.

— Et qu'est-ce que cela signifie ?

— Que nos victimes appartiennent à un groupe ésotérique très fermé, secret et obtenir des informations sera très difficile. Et que cela ne m'étonne pas d'avoir trouvé un autel satanique chez les Robinson, répondit Vincenzo.

— Attendez, ça va trop loin là, dit Roy Callum. Les francs-maçons ne sont pas dangereux, ils font leur petit truc dans leur coin, rien d'ésotérique ou de démoniaque là-dedans. Ils disent œuvrer pour le bien de l'humanité.

— C'est ce qu'ils veulent nous faire croire, dit Margareth. Mais cela n'est pas notre problème d'aujourd'hui. Le vrai problème se situe sur le fait que tout est tenu secret et donc, nous n'aurons pas accès à certaines informations. On va certainement nous mettre des bâtons dans les roues pour empêcher que l'affaire s'ébruite. Attendez-vous à quelques coups en douce de la part de vos supérieurs.

L'inspecteur baissa la tête.

— Cette affaire est déjà assez compliquée, mais non, on a trouvé le moyen de la compliquer davantage.

— Monsieur Bohé, s'il vous plaît, pouvez-vous imprimer la liste des amis d'Oscar Robinson que mademoiselle Louvière nous a fait parvenir, demanda le Père Onoffrio.

— C'est comme si c'était fait, dit Matt. Puis-je me servir de votre imprimante inspecteur ?

Roy Callum hocha la tête. Matt brancha un câble USB sur son ordinateur portable et le relia à l'imprimante laser. En quelques clics, une feuille A4 en sortit. L'inspecteur la prit et au fur et à mesure qu'il lisait les noms, son visage se crispait.

— Je connais ces personnes, tous des gens bien, sans histoires. Tenez, monsieur Lewis Carl est un architecte de renom, un ami de la famille royale. Et mademoiselle Lily Tremblay est une excellente avocate, qui défend souvent les plus démunis, une femme qui a la main sur le cœur.

— Je vous conseille, dit Vincenzo, de faire surveiller discrètement ces personnes. Je pense que l'une d'elles sera la prochaine victime de notre tueur sanguinaire.

Roy Callum se décomposa.

— Nous ferons tout pour que cela n'arrive pas, continua Vincenzo. Allons chez les Robinson, peut-être y découvrirons-nous un élément nouveau qui nous mettra sur la piste de notre meurtrier. Notre démonologue doit nous y rejoindre.

**\*\*\*\***

Livide, Carlo Rinaldi se pencha sur le cadavre de Janet Robinson. Jamais il n'avait vu une telle chose, un tel carnage. Quelque chose ou quelqu'un avait déchiqueté le corps de cette pauvre femme. Et le monstre qui s'était acharné sur Janet n'avait utilisé ni lame ni outil. À mains nues, il s'était déchaîné sur chacun des membres de la famille Robinson.

Dimitri Marchand sentait son estomac se soulever. Quelle atrocité ! Quelle violence ! Il se tourna vers le médecin légiste afin de détourner les yeux de ce corps en lambeau déposé comme une vulgaire chose sur la table de travail.

— Avez-vous noté quelque chose de particulier, un détail, qui pourrait nous mettre sur la piste du meurtrier, demanda-t-il.

Le docteur John Mahal enleva ses petites lunettes rondes et essuya les verres avec un mouchoir en papier. Il semblait nerveux. Son visage était crispé et il évitait de poser son regard sur ce qu'il restait de Janet Robinson.

— Pour être franc avec vous, dit-il, c'est la première fois que l'on m'amène un mort dans un état pareil. D'après les premières analyses, je ne peux affirmer ou infirmer quoi que ce soit. Les déchirures ne sont pas nettes. C'est comme si le meurtrier avait arraché les membres de ces pauvres victimes. Je ne peux pas dire s'il a agi seul ou s'ils étaient plusieurs. En tout cas, celui qui a fait ça doit avoir une force surhumaine pour arriver à mettre un corps humain dans cet état là. Notez aussi comment la tête forme un angle de 180°. C'est impressionnant ! Jamais je n'ai vu une telle chose !

Carlo se redressa.

— Quelque chose n'est pas normal au niveau de ce qui reste de la cage thoracique. Venez voir docteur Mahal.

— Tout est anormal dans cette affaire, dit Dimitri.

John Mahal esquissa un sourire, suivi d'un pincement des lèvres lorsqu'il se rapprocha de la table de travail.

— Regardez, dit Carlo, j'ai l'impression qu'il manque le cœur.

Le médecin légiste se pencha sur le cadavre. Il prit un écarteur et agrandit l'ouverture au niveau de la cage thoracique, plaie que le meurtrier avait réalisée en brisant neuf côtes. De sa main gantée, il fouilla à l'intérieur de la dépouille. Effectivement, il ne trouva pas le cœur de la victime.

— Comme c'est étrange, dit-il.

— Est-ce que la police scientifique a retrouvé des organes près du corps ?

— Oui, je les ai étiquetés, mais je ne me souviens pas y avoir répertorié un cœur. Venez, suivez-moi, nous allons vérifier cela tout de suite.

Les trois hommes se dirigèrent vers le fond de la pièce réfrigérée. Le médecin légiste ouvrit un tiroir en aluminium sur lequel étaient disposés des dents, rates, poumons, reins, langues, oreilles… tous soigneusement catalogués. Carlo les observa avec beaucoup d'attention.

— Je ne vois aucun cœur.

— Effectivement, dit John Mahal. Pourtant tous les organes trouvés près des victimes sont ici. Nous avons fouillé les scènes de crime avec beaucoup de minutie. J'ai même récupéré l'estomac d'un des enfants Robinson. Comme vous pouvez le constater, il est en très mauvais état, comme s'il avait explosé à l'intérieur du corps de l'enfant et qu'il s'est projeté hors du corps. Je l'ai retrouvé à plus de deux mètres de l'enfant.

— Maintenant, vérifions si les autres victimes ont encore leur cœur.

Le docteur Mahal acquiesça de la tête.

— Et si, dit Dimitri, pendant que vous docteur, vous allez vérifier cette information, mon coéquipier et moi-même allons jeter un coup d'œil aux prostituées.

— Comme vous voulez. Je vous conduis à la salle 2. Seuls deux corps se trouvent encore dans nos locaux, ceux amenés récemment. Les autres ont été transférés à la morgue et rendus aux familles.

Dimitri et Carlo suivirent le médecin que la situation dépassait.

— Vous savez, dit-il, en vingt ans de carrière de médecin légiste, jamais je n'ai vu une chose pareille. Et là, je parle pour les deux affaires qui vous intéressent. Pourtant, j'en ai vu des trucs fous, mais là, ça dépasse l'entendement.

Dimitri fit un clin d'œil discret à Carlo. Effectivement, le surnaturel s'était immiscé dans les deux affaires et un cerveau cartésien comme John Mahal ne pourra jamais l'admettre. Le médecin légiste s'arrêta devant une porte battante et regarda son carnet.

— Voilà, c'est ici. Les deux corps se trouvent dans les casiers 21 et 22. On se rejoint dans une quinzaine de minutes.

Carlo poussa la porte et pénétra dans la pièce aseptisée et réfrigérée. Encore un laboratoire de médecine légale avec ses tables en aluminium, ses carrelages troués par d'énormes évacuations. Pour un nettoyage simple et rapide !

Dimitri entra à son tour dans le laboratoire. Il avait repris un peu de couleur, mais n'arrivait pas à chasser l'image de Janet Robinson sur la table de travail. Du moins, ce qu'il en restait. Carlo ouvrit la cellule réfrigérante numéro 21 et fit coulisser le tiroir faisant apparaître le cadavre nu d'une jeune femme.

— Pauvre fille, dit Dimitri. Trop jeune pour mourir. Au moins, elle n'a pas souffert.

Carlo tourna la tête déjà rigide du corps et se pencha pour mieux observer les deux minuscules trous au niveau de la carotide.

— On dirait vraiment deux orifices laissés par la morsure d'un vampire.

— Ajoutons à cela la moue d'extase sur le visage de cette jeune femme, et nous pouvons dire que notre tueur est un suceur de sang.

— Moi qui avais toujours cru que le vampire n'était qu'un mythe...

— Le vampire existe, tout comme les démons. Mais à la différence des démons qui sont des êtres surnaturels purs, le vampire est un damné, c'est-à-dire un humain qui reçoit un pouvoir démoniaque. La plupart du temps, le vampire demande à recevoir ces pouvoirs, mais il reste esclave du démon qui les lui a donnés. J'ai fait quelques recherches sur les vampires il n'y a pas si longtemps de cela, lorsque l'on travaillait sur l'affaire de la poupée Robert. Ne me demandez pas pourquoi je me suis intéressé à ce sujet à ce moment-là, je n'en ai aucune idée. Ce que je peux vous dire sur le vampire risque fort de vous surprendre. Nous avons tous en tête le vampire décrit par Bram Stoke dans son roman épistolaire, ce fameux comte Dracula qui vit la nuit, qui peut hypnotiser les personnes, qui est immortel, qui se repaît du sang des vivants, qui peut transformer ses victimes en vampire, se métamorphoser en loup ou en chauve-souris. Ce Dracula est un mythe que le cinéma a amplifié et permis sa grande diffusion. Le damné suceur de sang ressemble un peu à Dracula, dans le sens qu'il se nourrit de sang. Mais c'est un damné qui doit obéir aux ordres du démon qui l'a transformé. C'est un humain qui a perdu son âme. Il est mort dans le sens physiologique du terme, mais erre sur Terre à la recherche de sang et cela éternellement. La plupart du temps, le vampire se cache dans les cimetières. Aujourd'hui, certains se sont réunis en clan et vivent isolés et se nourrissent de bêtes sauvages, sans faire de mal aux hommes.

— Donc, celui qui a tué cette pauvre femme est un damné qui a pactisé avec un démon.

— Je pense que oui, et si l'on trouve le démon on trouve le damné ou si l'on trouve le damné, on trouve le démon. Par contre, on ne pourra pas sauver le damné, il est condamné à errer en enfer.

— Quel gâchis ! À nous de découvrir si c'est un démon qui a attaqué les Robinson, pourquoi il les a attaqués et si c'est ce même démon qui a transformé un homme en vampire.

— Voyez-vous, il y a une question qui me turlupine : normalement, les démons ne peuvent tuer un être humain, cela leur est interdit. Comment cela se fait-il que, si nous avons bien affaire à un démon, celui-ci ait pu tuer les Robinson ? Comment Dieu a-t-il pu laisser faire ?

— C'est une très bonne question. Malheureusement, je ne connais pas la réponse. Interrogez le Père Onoffrio. Lui seul pourra vous répondre.

Au même moment, le docteur Mahal entra dans la pièce. Il était très pâle.

— Tous les cœurs manquent, disparus, évanouis dans la nature.

Dimitri et Carlo se regardèrent. Dimitri comprit qu'il allait devoir chercher un démon arracheur de cœurs. Il serra dans sa main le crucifix donné par le prêtre dans l'avion.

\*\*\*\*

Brixton, quartier sud de Londres. Daniel et Élisabeth avaient déambulé sur les trottoirs d'un quartier malfamé de Londres. Un quartier où la détresse humaine se devinait à chaque coin de rue, où les drogués vendaient leur corps et leur peu de dignité pour acheter leur dose de venin, où les enfants vivaient dans la crasse, un quartier oublié des politiciens et des bourgeois gauchistes.

Ils avaient parlé avec plusieurs prostituées. Toujours les mêmes réponses : personne n'avait vu le meurtrier, personne ne se rappelait un homme suspect rôdant dans les parages, personne ne se souvenait du dernier client des victimes. Toutes tremblaient à l'idée que ce meurtrier puisse frapper encore. Qui sera la prochaine victime sur sa liste ?

— Pauvres filles, dit Élisabeth. Elles sont totalement paniquées et ne savent pas à qui demander de l'aide.

— À qui peuvent-elles bien s'adresser, répondit Daniel. À leur proxénète ? Il s'en fout. Bien sûr, la disparition d'une fille lui fait perdre de l'argent, mais cette fille sera remplacée rapidement. À la police ? Elle n'ose même pas entrer dans ce quartier.

— Alors à nous, dit Élisabeth, nous devons retrouver ce monstre.

— Ou ce démon.

Élisabeth hocha la tête. L'enfer était sur Terre et particulièrement dans ce quartier. La réalité de la vie venait de la frapper en plein visage. Voir tous ces pauvres gens déambuler sans buts, se droguer pour essayer de s'évader, n'avoir plus aucune honte, aucune dignité, cela la bouleversait. Quel avenir pour ces filles ?

— J'ai besoin de voir quelques scènes de crime. Peut-être recevrai-je une vision de notre meurtrier.

Daniel acquiesça. Il s'inquiétait pour la jeune femme. Il savait qu'elle était une éponge à émotions, un réceptacle à mauvaises pensées. Cela la fatiguait énormément. Elle prenait sur elle, était forte, mais ses nerfs étaient à vif. Venir dans un endroit imprégné de souffrance lui était difficile. Le militaire espérait qu'avec le temps, elle arriverait à gérer ces situations. Sinon, il ne donnait pas cher de sa santé mentale.

— Nous y sommes, dit Daniel. Dix meurtres ont eu lieu dans ce minable hôtel de passe. Les autres meurtres ont eu lieu juste en face.

Il montra de la main un immeuble sordide, tagué, en ruine, de l'autre côté du trottoir. Élisabeth frissonna.

— Notre homme a un terrain de chasse très limité.

— Comme s'il connaît très bien les lieux, le moindre recoin de ce quartier.

La médium poussa la porte d'entrée qui s'ouvrit sur un hall crasseux. La peinture des murs s'effritait et des taches suspectes maculaient la moquette d'un autre âge, élimée et rongée par les nombreuses allées et venues des clients. L'odeur qui imprégnait l'air était désagréable, un mélange de cigarette froide, d'air vicié, de renfermé et de sexe. Élisabeth se pinça les lèvres. Elle ressentit tout le désespoir du lieu.

— Beaucoup de personnes ont trouvé la mort dans ce lieu, des drogués pour la plupart. Je ressens aussi la présence d'un suicidé.

— Ce qui ne m'étonne pas, dit Daniel. En général, ces lieux sordides cachent de sombres histoires sordides elles aussi. J'espère que cela ne fera pas interférence avec notre affaire.

Au guichet, un homme leva à peine la tête vers eux. Ses yeux vitreux étaient rivés sur l'écran de son smartphone. Daniel s'avança vers lui.

— Bonjour monsieur, inspecteur Zio. Nous avons besoin de voir quelques -unes de vos chambres.

— C'est toujours en rapport avec le meurtre des putes ? Putain, depuis j'peux même plus louer ces chambres ! Bougez vot'cul pour trouver ce con qui tue toutes mes filles !

— Bougez vot'cul pour me filer les clés de ces chambres, répondit Daniel d'un ton ferme.

L'homme le scruta pendant un petit moment, puis éclata de rire.

— Et mon vieux, faut pas t'vexer ! Seulement tu comprends, c'est le business.

Et il tendit les clés que Daniel s'empressa de prendre. Sans un mot, il se retourna et commença à se diriger vers les escaliers. Il entendit le proxénète brailler :

— Eh mec, demande à tes supérieurs de s'manier l'fion !

Arrivé au premier étage, Daniel s'arrêta devant une porte en bois.

— Je déteste ce genre d'individus, dit-il. Je crois qu'on y est. Chambre 113, le meurtrier a frappé deux fois dans cette chambre.

— Allons-y, dit Élisabeth qui avait hâte d'en finir.

**\*\*\*\***

Vincenzo pénétra dans la demeure des Robinson. Un long frisson lui parcourut l'échine. Il ressentait, à l'intérieur de cette bâtisse, une oppression, cette impression mainte fois éprouvée d'une présence démoniaque.

— Monsieur Bohé, s'il vous plaît, veuillez prendre des photographies de toutes les pièces.

Matt acquiesça et se mit au travail.

— Nous avons déjà à notre disposition de nombreuses photographies des scènes de crime, dit Roy Callum. Pourquoi d'autres clichés ?

— Une intuition, répondit Vincenzo. Simplement une intuition.

L'inspecteur hocha la tête. Vincenzo Onoffrio était un homme très énigmatique et charismatique, très étrange aussi. Son ami, le cardinal Primiti, lui avait promis de lui envoyer son meilleur élément, la plus fine de ses équipes et d'instinct, Roy Callum sut, dès le premier regard, que ce prêtre-exorciste était le number one dans son domaine.

Margareth lui emboîta le pas. Elle aussi ressentit une impression d'oppression lorsqu'elle passa la porte d'entrée. La chose qui se trouvait à l'intérieur de ce lieu était puissante. Elle sentit un picotement sur sa nuque et tourna la tête. Dehors, devant la maison bourgeoise des Robinson, derrière le périmètre de sécurité balisé par la police, se tenait une foule compacte, attendant un rebondissement de l'affaire, de quoi jaser, des hommes et des femmes attirés par le spectaculaire et le morbide. Les policiers avaient du mal à les contenir et quelques-uns avaient déjà échappé à leur vigilance pour entrer par effraction dans la maison. Roy Callum avait ordonné que l'on pose des gardes afin de prévenir ce genre d'intrusion.

Une jeune femme aux vêtements sombres attira le regard de Margareth. Cette étrange personne arborait un sourire bizarre, presque démoniaque. Une aura particulière émanait d'elle, une aura négative, triste, ténébreuse. Margareth en eut le souffle coupé. Elle voulut appeler Vincenzo, mais dès qu'elle tourna les yeux, la jeune femme avait disparu. Elle en parlerait plus tard au groupe. Elle suivit son supérieur qui se dirigeait déjà vers le premier étage, la chambre parentale. Du coin de l'œil, elle vit Matt qui photographiait chaque recoin de la maison.

Dans la chambre, l'impression de désolation s'intensifia. Tellement que Roy Callum réprima une violente envie de vomir.

— Si cela ne vous dérange pas, mon Père, dit-il, je préfère vous attendre dehors.

— D'autres membres de mon équipe ne vont pas tarder à arriver, ainsi vous pourrez les accueillir.

Le policier hocha la tête et disparut dans le couloir. Margareth le regarda passer.

— Il a raison, dit-elle, on sent quelque chose de très mauvais ici. Et puis toutes ces taches de sang sur le mur, par terre, c'est terrible !

Effectivement, les murs montraient de nombreuses éclaboussures rouges et le sol gardait encore de multiples traces du carnage qui s'était joué dans ce lieu. Les victimes de cette tuerie sanglante ne se trouvaient plus dans la chambre, mais on ressentait les souffrances qu'elles avaient vécues. Vincenzo essaya de faire abstraction du sang, de l'odeur de mort qui imprégnait les lieux et balaya la pièce du regard à la recherche d'un détail qui pourrait l'aiguiller. Son œil averti s'arrêta sur un morceau de tissu qui dépassait du tiroir de la commode. Il s'en approcha, ouvrit le tiroir et retira une paire de gants blancs. Des gants de francs-maçons. Il fouilla à l'intérieur du tiroir et trouva un document. Un passeport franc-maçon au nom d'Oscar Robinson. Il se tourna vers Margareth.

— Si l'on cherchait une preuve de l'appartenance de Robinson à la franc-maçonnerie, la voilà. Je demanderai à monsieur Marchand des précisions sur l'obédience.

— Quelqu'un me demande, dit Dimitri en entrant dans la chambre.

Vincenzo fut ravi de le voir. Il lui tendit le document.

— Voilà ce que j'ai trouvé, je suis sûr que cela va vous intéresser.

Dimitri lut le papier et siffla.

— Notre homme faisait partie de l'obédience Human Rights, l'équivalent français du Droit Humain. Intéressant en effet. De plus, il était à jour de ses cotisations.

Matt entra à son tour dans la chambre.

— Cela, Crystal nous l'avait déjà dit. Elle a trouvé de nombreux documents et elle continue ses recherches. Elle nous enverra bientôt les noms de tous ceux qui appartiennent à cette obédience.

— Si elle arrive à nous fournir une liste, dit Dimitri, je la féliciterai pour son travail. En général, la franc-maçonnerie, comme toutes les sociétés secrètes, ne laisse rien filtrer sur ses membres.

— Allons voir l'autel satanique, dit Vincenzo. Monsieur Bohé, rejoignez-nous dès que vous aurez fini de photographier les chambres.

Matt hocha la tête. Il n'était pas très rassuré de rester seul dans ce lieu imprégné de sang, imprégné du meurtre de deux personnes. Il regarda les murs qui dégoulinaient encore de sang et souffla pour se donner du courage. Il sortit son téléphone portable de la poche de son jean et l'actionna. Lorsqu'il entendit la voix de Crystal, il se détendit.

— Coucou, dit-il, ça ne te dérange pas de me faire la conversation pendant que je photographie deux ou trois choses. Je suis seul sur une scène de crime et j'aime pas être seul sur une scène de crime.

Crystal sourit. Elle le trouvait tellement attendrissant.

— Avec plaisir !

Au rez-de-chaussée, Carlo attendait le reste de la troupe. Vincenzo le rejoignit.

— Avez-vous découvert des choses intéressantes chez le médecin légiste ?

— Une en particulier, répondit Carlo. Les cadavres n'ont plus de cœur. C'est comme si la chose qui s'est attaquée à eux avait volé leur cœur.

— C'est pas banal ça, dit Margareth.

— Effectivement, c'est étrange, dit Vincenzo. Nous en discuterons plus tard. Pour le moment, allons voir l'autel satanique.

Dimitri les avait devancés et les attendait déjà dans la cave. Inspectant l'autel, il notait des détails dans son carnet. Lorsque Vincenzo arriva près de lui, il se redressa.

— Une messe a eu lieu ici il n'y a pas très longtemps. Une messe avec sacrifice de sang. Il y a encore du sang dans le calice, du sang coagulé. Et voyez, ces plumes sur la table. On dirait que nos amis ont sacrifié une poule juste avant de mourir. À en juger par le nombre de chaises qui entourent l'autel, nos satanistes devaient être une douzaine, peut-être moins.

— Douze de trop, dit Vincenzo.

— Allons-nous bénir cet endroit, demanda Margareth.

— Un lieu qui a servi à des messes noires est très difficilement nettoyable, dit Vincenzo. Cette maison sera toujours infestée. Les prochains locataires subiront peut-être des phénomènes de hantise. Si nous n'arrivons pas à trouver le démon qui est responsable de toute cette histoire, bénir cette cave s'avérera vain, car le démon viendra s'y cacher. C'est son domaine, nous sommes sur son territoire.

Au même moment, Roy Callum déboula au sous-sol. Le front du pauvre homme dégoulinait de sueur. Son crâne dégarni luisait sous l'unique lampe de la cave. Son visage rouge trahissait une peur fébrile. Il tremblait.

— Nous avons d'autres meurtres sur les bras… la famille Macquarie.

— Oh non, s'exclama Margareth.

— Allons-y, dit Vincenzo. Monsieur Marchand restez ici avec monsieur Bohé. On se rejoindra à l'hôtel pour faire le point.

Dimitri fit signe qu'il avait compris et se remit au travail.

\*\*\*\*

Daniel fit tourner la clé dans la serrure et la porte de la chambre 113 s'ouvrit. Il se poussa pour y laisser entrer Élisabeth. Une minuscule chambre miteuse dans un hôtel de passe miteux. La jeune femme balaya la pièce du regard. Elle remarqua qu'une Bible était posée sur la table de chevet.

— Que fait une Bible dans un endroit de perdition comme celui-ci ?

— Aucune idée, répondit Daniel. Je doute fort que ce soit le propriétaire qui en mette dans chaque chambre.

Dans la pièce, tout était en place. Aucune trace de lutte. Deux victimes en tout dans cette chambre. Le militaire ouvrit la porte de la salle de bain. Un cagibi composé d'un lavabo, d'une douche et de w.c., le tout confiné dans un mètre carré. Le lavabo était crasseux, quant à la douche, le siphon était bouché et de l'eau noirâtre stagnait au fond du bac. Comment peut-on se laver dans de telles conditions ?

Élisabeth s'avança vers le lit. L'on avait trouvé les deux prostituées couchées sur le lit. Les silhouettes y étaient encore dessinées et se chevauchaient. Aucune trace de sang sur le drap jaunâtre à la propreté douteuse. On y devinait de nombreuses taches - sperme, liquide vaginal, excréments - mais pas de sang. Son œil fut une nouvelle fois attiré par le Livre Saint. Elle le prit et l'ouvrit. Soudain, les pages se mirent à tourner seules et s'arrêtèrent à la page 333. Là, aucune écriture, une page vierge sur laquelle plusieurs lettres commencèrent à se former, dessinant un nom : Tremblay.

La médium referma la Bible et la jeta. Daniel arriva en trombe et trouva Élisabeth livide. Elle montrait la Bible du doigt.

— J'ai vu un nom à la page 333 : Tremblay.

Daniel ramassa le livre et l'ouvrit à la page 333. Le Livre de Josué. Le nom Tremblay n'y figurait pas.

# Flash-Back n° 2

Charlie Wilson ouvrit les yeux. Tous ses membres étaient endoloris. Désorienté, il regarda autour de lui. Il se trouvait à l'intérieur d'un tombeau, un mausolée, la dernière demeure d'un certain Julius Beer. Il se sentait faible. Allongé à même le sol, il peinait à se redresser. Il s'aida de l'autel funéraire à l'effigie du bourgeois et de sa famille disparus au 18e siècle. Sous la pierre tombale, plusieurs cercueils empilés les uns sur les autres. Un long frisson parcourut Charlie lorsqu'il imagina les corps décomposés et enfermés à jamais dans cette prison de pierre. Que faisait-il dans un tombeau ? Pourquoi était-il là ?

Soudain, tout lui revint en mémoire : le rituel dans le cimetière d'Highgate, la venue d'Hécate après l'incantation de magie noire, et… sa transformation en vampire. Nooon !

Le jeune homme cria son désespoir. Il comprit qu'il était devenu un suceur de sang. Il se releva, regarda autour de lui et remarqua une grille en fer à l'entrée du mausolée. Il devait sortir de là. Le portail n'était pas verrouillé. Il le franchit et se retrouva au milieu du « jardin des allongés » de Highgate, au milieu des tombes dévastées par le temps et les intempéries. Une vision de désolation s'offrit à lui. Il leva les yeux et aperçut un croissant de lune. Il faisait nuit et il y voyait comme en plein jour. Une vraie vue de vampire !

Il avait faim, son corps réclamait de la nourriture. Ses sens aiguisés, à l'affût, il aperçut un rat déambuler entre les tombes, lui aussi à la recherche de son repas. Tel un félin épiant sa proie, il suivit le rongeur du regard, mesurant précisément la distance qui le séparait de lui, guettant ses déplacements. Au moment propice, il sauta sur le rat, l'attrapa, et comme un enragé, mordit dans les poils de l'animal avec ses longues canines pointues. Le sang chaud qui coula dans sa gorge le réconforta. Mais ce breuvage ne suffit pas à étancher sa soif. Il en voulait encore. Cette nourriture sanglante avait ravivé ses sens, mais il avait encore faim.

Au loin, assise sur une tombe, il remarqua la silhouette d'une femme. Il s'avança vers elle. Elle se tenait immobile, courbée sur elle-même. Elle semblait caresser un animal qui ronronnait sur ses cuisses. C'était une louve qui dressa le museau à l'approche de Charlie.

— Approche esclave, dit Hécate.

Sa voix était dure, grave, métallique. Charlie sentit qu'il devait obéir. Il alla jusqu'aux pieds de la démone et s'agenouilla devant elle. Hécate redressa la tête. La démone avait pris l'apparence d'une somptueuse jeune fille aux yeux noirs et à l'épaisse chevelure noire. Son sombre regard hypnotisa Charlie.

— C'est ta première nuit en tant que vampire et voici mes règles. Si tu ne les respectes pas, je te détruirai. La première règle est la suivante : tu chasseras uniquement la nuit et tu te reposeras dans ce cimetière la journée. Deuxième règle : je te donne le droit de chasser des prostituées et des SDF, mais un seul humain par nuit. Le goût de leur sang est amer, souillé par leurs péchés et leur déchéance, mais cela te suffira. Et si cela ne te suffit pas, tu peux chasser des rats et des insectes. Troisième règle : interdiction d'entrer en contact avec tes anciens amis. Quatrième règle : sois discret et ne te fais pas voir des humains. Là aussi, tout contact te sera fatal. Est-ce que tu as bien compris toutes ces règles ?

— Oui maîtresse.

— Et enfin, lorsque tu choisiras ta proie, apporte-moi son âme. Inutile que je te rappelle comment faire.

Inutile en effet. Charlie Wilson savait comment procéder pour réaliser un pacte avec un démon. Il savait comment soutirer une âme à une victime. Toutes ces cérémonies démoniaques, ces incantations rituelles, il s'en souvenait. Il se souvenait de chaque mot. Bizarrement, il se rendit compte qu'il se rappelait cela, mais que les autres souvenirs de sa vie passée s'estompaient. Il connaissait son nom, savait qu'il avait exercé le métier d'avocat, se rappelait les tenues maçonniques… Tout cela lui apparaissait en dégradé comme dans un mauvais film. Il prit conscience qu'il allait tout oublier. Même Lily. Cette femme qu'il aimait tant, il n'arrivait plus à visualiser son visage.

Hécate ricana.

— L'amour ne fait pas partie de la panoplie du vampire. La haine oui. Et la détresse. Tu vas bientôt perdre tout ce qui te reliait à ton humanité. Et si tu cherches à t'y opposer, je t'y contraindrai. Maintenant va ! La chasse est ouverte.

Le vampire se redressa et huma l'air. Il sentit de la chair fraîche, du sang pas loin. Il en avait besoin. Il avait faim. Il essuya le sang du rat sur son menton d'un geste de la main. Il entendit le vent s'engouffrer dans les feuillages, mais ne sentit pas sa fraîcheur sur lui. Encore un privilège réservé aux humains qu'il avait perdu. Dorénavant, il ne souffrirait plus ni du froid, ni de la chaleur, ni de sentiments humains. Seule la faim qui lui tenaillait les entrailles lui rappellerait qu'il était devenu un prédateur, un tueur au sang froid. Pouvait-on dire qu'il était heureux ? Non, puisqu'il ne ressentait plus le bonheur. Mais, il était dans cet élément qu'il avait longtemps cherché. Il était un vampire, et cela lui suffisait.

Il s'élança à travers le cimetière. Il ne marchait pas, il volait dans les airs. Il se déplaçait vite, faisant défiler les tombes. Ses sens aiguisés captaient le moindre détail, la moindre proie. Son instinct le guidait entre les chemins délabrés. Du coin de l'œil, il remarqua la présence d'un rat. Il aurait pu l'attraper, mais il visait une victime plus grande. Une femme. D'un bond, il sauta la grille en fer forgé qui délimitait le cimetière. Il se retrouva de l'autre côté, sur le trottoir. Pas âme qui vive dans la rue. Il perçut les phares d'une automobile au loin. Elle se dirigeait vers lui. D'un bond, il sauta dans un arbre. À l'abri des feuilles, il examina la voiture qui roula devant lui à faible allure. Il vit nettement son conducteur, sa passagère, nota tous les détails. Lui, un homme d'une quarantaine d'années, portant une veste noire en coton Louis Vuitton. Elle, la quarantaine aussi, au brushing parfait, portant une robe Alexander McQueen en soie rouge. Tous deux revenaient d'un gala caritatif au profit de l'association New Horizon Youth Centre. La femme reprochait à son mari la signature d'un gros chèque. Elle ajouta que si les gens étaient SDF, c'était leur faute. Ils n'avaient qu'à se trouver un travail. Le conducteur gardait les lèvres pincées. Silencieux, il se contentait de regarder la route. Charlie sentit sa colère. Cela le galvanisa.

51

Lorsque le véhicule tourna au coin de la rue, Charlie sauta de son arbre. En courant, il s'éloigna du cimetière. Le bitume défila sous ses yeux. Il passa à grande vitesse devant un immeuble. Il entendit les conversations des habitants, ainsi que le cri d'un enfant. Il perçut le râle d'un homme libéré du coït suprême. Tous ces nouveaux sons le déstabilisaient. Il apprendra à les dompter avec le temps.

Très vite, il arriva à Brixton, le Bronx de Londres comme on l'appelait. Ici, il savait qu'il allait trouver son dîner. Situé au sud de Londres, ce quartier, très vivant la journée, prenait un autre visage la nuit. Dès que le soleil déclinait à l'horizon, les touristes faisaient place aux prostituées et aux ivrognes. Les restaurants tiraient leurs rideaux, et les bars s'animaient. Les hôtels affichaient les prix des chambres à l'heure. Alors, une drôle de procession commençait ; les filles déambulaient sur les trottoirs, les hommes s'abreuvaient au comptoir des pubs, puis accostaient une marchande de plaisir. Le couple s'engouffrait dans un sordide hôtel pour en ressortir une heure plus tard, l'homme affichant un sourire béat sur les lèvres, la fille ajustant sa mini-jupe. Tous deux se quittaient sans un regard, elle retournant sur le trottoir, lui rentrant à la maison retrouver sa femme légitime. Toute la nuit, ce honteux ballet continuait, les passes s'enchaînaient jusqu'au petit matin. Le tout sous les yeux éteints des drogués et des dealers à la recherche de clients.

Charlie se cacha derrière le mur d'un bâtiment. Il huma l'air. Il sentit un parfum de luxure. Comme il aimait cela. Ses pupilles se dilatèrent. Il vit une jeune femme. Habillée de sa mini-jupe en cuir, de bas résille et de hauts talons, elle déambulait sur le pavé. Cette fille avait l'âme noircie par la perversité. Elle se prostituait par détestation de son corps, pour se punir d'adorer le sexe. La parfaite victime. *Elle mourra dans une fantastique dernière extase.* Son décolleté laissait entrevoir une poitrine généreuse. Charlie percevait les palpitations de sa carotide interne. Un désir ardent de croquer dans ce cou magnifique, dans cette peau blanche si délicieuse, montait en lui. Mais il devait se contenir. D'abord appâter sa proie, l'amener dans ses filets pour mieux la déguster.

La fille s'approchait de lui. Très vite, il se posta devant elle et la subjugua du regard. Il lui insinua l'idée de le suivre. Elle acquiesça d'un geste de la tête. Trop facile ! Il lui ordonna, toujours en pensée, de le conduire dans sa chambre. Hypnotisée, elle se retourna et se mit à marcher. Elle croisa une amie qui lui demanda si tout allait bien. Charlie lui envoya mentalement la réponse à donner.

— Oui, tout va bien, il n'y a pas beaucoup de clients ce soir, dit-elle.

Charlie se félicita de cette réponse. Il suivait la fille du haut des toits et ne la lâchait pas du regard. La prostituée entra dans un hôtel miteux et avant qu'elle ne referme la porte derrière elle, notre vampire s'y engouffra à vive allure. Le réceptionniste, qui était en fait le « protecteur » de celle qui allait mourir dans quelques minutes, leva brièvement la tête.

— Bonne passe Myriam, dit-il. Et souviens-toi, une heure pas plus.

Myriam continua son chemin. Le mac reprit la lecture de ses tweets. Du coin de l'œil, il aperçut une ombre passer furtivement devant le comptoir, leva les yeux, Myriam se trouvait déjà au premier étage. Il l'entendit ouvrir la porte de sa chambre. La chambre 113. Il n'avait pas vu le client, mais avait senti sa présence et cela lui suffisait.

Myriam pénétra dans la chambre. Le vampire ferma la porte derrière lui et lui ordonna de se déshabiller. La prostituée enleva ses vêtements. Lentement, très lentement, pour que Charlie puisse admirer ses longues jambes fuselées, ses courbes généreuses, ses seins plantureux. Elle était parfaite, déjà soumise à lui. Il lui intima l'ordre de s'allonger sur le lit et de se détendre. Puis, il lui demanda si elle était prête à s'offrir au Diable. Mentalement, elle hurla son accord. Oui, elle consentit à l'offrande, elle se vendait à lui. Qu'il prenne son âme, qu'il la prenne, elle l'implorait.

Doucement, il s'approcha d'elle. Il pouvait sentir son pouls rapide, sa respiration saccadée, l'appel de son corps. Dieu comme elle le suppliait de la prendre. Lentement, il glissa un doigt dans son entrejambe. Elle émit un petit râle de plaisir. Elle dégoulinait de désir. Charlie descendit son pantalon et se coucha sur elle. Elle s'abandonna à lui. Son sexe dressé, il la pénétra avec rage. Elle cria de douleur. Charlie lui offrit sa dernière extase. Il la mordit au cou et aspira son liquide vital tout en bougeant en elle. Elle s'éteignit doucement, dans un fantastique coït. Le dernier de toute sa petite existence.

Rassasié, Charlie se redressa et contempla la splendide créature qui lui avait servi de repas. Son sang avait une odeur métallique. Il eut l'impression de boire un vulgaire vin de table, mais il devait s'en contenter. Le mal avait corrompu cette fille jusqu'à l'os, ce qui lui donnait cet arôme amer. Il se demanda quel goût aurait le sang d'un innocent.

— Tu ne le sauras jamais, vu que tu n'y toucheras jamais.

Il se retourna. Derrière lui se tenait Hécate. Ses yeux flamboyaient.

— Remets-moi son âme.

Charlie s'avança, se pencha et embrassa la démone. Cette dernière aspira un voile noir venu du tréfonds des entrailles du vampire. Elle ouvrit les paupières.

— Comme cela fait du bien. Très bon travail. Rentre te coucher, tu as assez mangé pour cette nuit.

Et la démone se volatilisa dans une fumée noire. Charlie, resté seul, comprit qu'il était devenu un maudit, un assassin jusqu'à la fin des temps. Et un esclave. Un damné de la Terre voué à semer la désolation. Il cria de désespoir. Pourquoi avait-il pactisé avec Hécate ? Il venait de tuer une pauvre fille qui n'avait rien demandé ! Il venait d'arracher la vie à une personne si jeune qu'elle ne méritait pas un tel sort. Il pleura. Mais aucune larme ne coula sur ses joues. Elles s'asséchaient dès qu'elles touchaient sa peau, s'évaporaient à son contact. Comment vivre avec cela sur la conscience ?

Il partit en courant et se retrouva très vite au cimetière de Highgate, sa dernière demeure. Fou furieux, il renversa une pierre tombale et il fora le sol à mains nues pour en extraire un cercueil à moitié creusé par les vers, en retira un cadavre putréfié, le tira jusqu'au mausolée de la famille Beer et le plaça dans une pièce cachée à l'abri des regards. Seule une petite ouverture permettait d'y accéder. Il s'allongea dans ce lit rongé par les vers et ferma les yeux. Voilà à quoi se résumait sa vie, ou plutôt sa mort : à tuer, à servir Hécate et à dormir dans un cercueil qui ne lui appartenait pas. Il avait envie de mourir. À nouveau, mais pour de bon. De mourir éternellement, car il savait qu'il ne pourrait jamais revenir en arrière, qu'il ne serait plus jamais libre. Le portrait de Myriam allongée sur son lit se dessina dans son esprit. Elle hurlait sa douleur, coincée dans les flammes de l'enfer. Il entendit son âme gémir son désespoir. Et il cria son impuissance.

# Retour au présent

La demeure des Macquarie se situait à deux pâtés de maisons de celle des Robinson. Nos enquêteurs s'y rendirent à pied. Sur le chemin, Carlo discuta de sa découverte avec Vincenzo et Margareth.

— Un démon voleur de cœur, ça sera bien la première fois que j'entends une pareille histoire, dit Vincenzo.

— Peut-être que le démon dévore le cœur de ses victimes parce que, justement, une histoire d'amour se cache derrière toute cette affaire, dit Margareth.

— Je suis pressé de savoir si nous allons retrouver les mêmes scènes de crime chez les Macquarie, dit Carlo. Et surtout, si leur cœur se trouve toujours à l'intérieur de leur poitrine. Auquel cas, cet élément constitue une des clés de notre affaire.

— Le hasard n'existe pas dans le monde démoniaque, dit Vincenzo. Ni dans le monde divin d'ailleurs.

— Donc, demanda Roy Callum, il y a une raison à tout cela.

— Il y a toujours une raison, répondit Vincenzo. Et la plupart du temps, elle est humaine.

L'équipe arriva à destination. Déjà, des policiers s'affairaient dans la maison pendant que d'autres balisaient un périmètre de sécurité pour empêcher les curieux de s'approcher. Roy Callum se fraya un chemin à travers la foule, suivi des autres. Il montra sa carte à un agent qui le laissa passer, ainsi que les Purificateurs.

À l'intérieur de la maison des Macquarie, un inspecteur vint les saluer.

— D'après les premiers éléments dont nous disposons, le monstre a sévi au début de la matinée chez la famille Macquarie. Ruben et Jemina Macquarie et leur fille unique. Tous retrouvés morts déchiquetés par ce qui semblerait être une bête sauvage. D'après le médecin légiste, cela s'est passé il y a une heure à peine, et aucun voisin n'a entendu de cris provenant de la maison.

— Une heure, s'écria Roy Callum. Le monstre a frappé en pleine journée et personne n'a entendu quoi que ce soit !

L'agent hocha la tête. Vincenzo regarda Carlo et Margareth.

— Notre démon semble gagner en puissance, dit-il, il prend de l'assurance. Sœur Margareth, veuillez joindre mademoiselle Louvière et lui demander d'enquêter sur la famille Macquarie.

Margareth sortit un téléphone de son sac à dos et s'éloigna de quelques pas du groupe.

— Qui a prévenu la police, demanda Roy Callum.

— Nous avons reçu un appel anonyme, répondit l'inspecteur, impossible à localiser.

— Je veux que l'on me prépare la bande-son de cet appel. Où se trouvent les victimes ?

— Madame Macquarie a été retrouvée dans la cuisine, répondit l'agent, monsieur Macquarie, dans le garage et leur fille dans sa chambre.

— Allons voir dans la cuisine, dit Roy Callum.

L'inspecteur suait à grosses gouttes, il était nerveux. Il savait qu'il devait s'attendre au pire, mais il redoutait le pire. Il s'essuya le front à l'aide de son mouchoir en tissu brodé.

Dans la cuisine, il trouva, en effet, une scène de crime atroce, horrible. Du sang avait giclé partout, sur la table, sur le plan de travail, sur les murs, sur les chaises, sur les ustensiles de cuisine, sur les vitres… Tout était maculé de sang et de bouts de chairs. Roy se retint de vomir. Carlo ferma un instant les yeux pour se ressaisir. Margareth, arrivant quelques minutes plus tard, émit un petit cri de dégoût. Le corps de Jemina Macquarie gisait sur le carrelage gris noyé par le sang. Il n'en restait pas grand-chose. La bête avait arraché ses membres et les avait jetés aux quatre coins de la pièce. Ici, un bras, là une jambe. Le torse de la victime présentait plusieurs traces de morsures, des déchirures profondes. Carlo se pencha et vérifia si le cœur se trouvait toujours à l'intérieur de l'abdomen.

— Le cœur a disparu.

— Monsieur Callum, demandez à vos hommes de chercher le cœur de cette pauvre personne.

Roy Callum blêmit et hocha la tête.

— Celui qui a arraché ces cœurs doit avoir une force extraordinaire, dit-il.

— Ce que nous cherchons n'est pas humain, dit Vincenzo. Ni vivant. Pouvez-vous aussi nous faire parvenir l'enregistrement de l'appel anonyme afin que notre informaticien puisse l'analyser ?

Roy hocha la tête et s'essuya le front avec son mouchoir.


Au garage, la scène de crime était identique : Ruben Macquarie baignait dans une mare de sang, les membres arrachés, des entailles sur le torse. Là encore, on ne retrouva pas le cœur dans la poitrine du cadavre. À première vue, Ruben Macquarie bricolait sur sa Bentley Mark IV, une superbe voiture de collection, lorsque le meurtrier l'a assailli. Carlo ramassa du bout des doigts une peau de chamois trempée de sang et la montra aux autres.

— Donc, notre homme bichonnait son jouet lorsque le tueur a commis son acte abominable. Sait-on à qui il s'est attaqué en premier ?

Un policier de la brigade scientifique répondit par la négative.

— J'aimerais procéder à une petite expérience si vous le voulez. Sœur Margareth, s'il vous plaît, allez dans la cuisine et criez. J'aimerais savoir si l'on vous entend d'ici. De même, je vais crier et vous me direz si vous m'entendez.

Margareth disparut. L'équipe attendit quelques secondes, puis ils entendirent un cri d'appel. C'était Margareth.

— Ceci prouve que notre homme aurait dû entendre sa femme l'appeler à l'aide, dit Carlo. Maintenant, voyons si Margareth nous entend.

Carlo cria le nom de Margareth à trois reprises. Au bout de quelques secondes, cette dernière réapparut.

— Je vous ai très bien entendu, dit-elle.

— Ce qui prouve que madame Macquarie aurait dû entendre son mari crier, dit Vincenzo.

— C'est exact, répondit Roy Callum. Je ne vois qu'une explication à cette bizarrerie : nous avons affaire à plusieurs meurtriers.

— Ou à un démon, dit Margareth.

Le silence accompagna cette déclaration. Roy sortit à nouveau son mouchoir en tissu pour essuyer les gouttes de sueur qui perlaient sur son front. Ce fut Dimitri et Matt qui, ayant terminé leurs inspections chez les Robinson, brisèrent ce pesant silence.

— C'est vraiment pas joli ici non plus, dit Dimitri.

Le démonologue essayait de faire de l'humour pour s'empêcher de fuir en courant. Voir un cadavre n'était déjà pas une partie de plaisir, mais voir un cadavre complètement démembré était carrément une vision digne d'un film d'horreur gore ! Lui qui détestait cela, qui ne pouvait regarder aucun de ces films, avait du mal à se retenir de gerber. Matt non plus n'en menait pas large. Il était blanc comme un linge passé à la lessive Omo, celle qui « lave plus blanc que blanc ». Il était même presque translucide. Mais il tenait le coup. Du moins, c'était l'impression qu'il voulait donner. À l'intérieur de lui, chaque cellule de son corps hurlait son dégoût.

— Dois-je photographier les scènes de crime, demanda-t-il.

Vincenzo le regarda.

— Non monsieur Bohé. Les enquêteurs nous feront parvenir les photographies un peu plus tard. Allez prendre l'air, reposez-vous avant que vous vous évanouissiez. On va vous envoyer l'appel téléphonique anonyme de la personne qui a prévenu la police pour ces crimes. Dès que vous aurez repris vos esprits, analysez-le s'il vous plaît.

Matt ne se le fit pas dire deux fois. Déjà, il sortait du garage, rattrapé par Margareth.

— Mon pauvre Matt, tu fais peur à voir. Tiens un peu d'eau pour te rafraîchir.

Matt esquissa un sourire et accepta bien volontiers cette eau salvatrice. Margareth regarda la foule qui s'entassait toujours plus grande devant la maison.

— Vraiment, les gens, c'est n'importe quoi ! Dès qu'il y a un meurtre, les voilà tous accourant comme des mouches sur une déjection de singe pour voir du sang.

— Le morbide attire, dit Matt. Cette philosophie de la culture qui tue a remplacé celle de la culture de l'entraide.

Margareth remarqua une jeune fille habillée de noir de la tête au pied, fixant la bâtisse des Macquarie. Elle semblait comme hypnotisée ou perdue dans ses pensées. Elle était là, figée. Un homme la bouscula pour se placer devant elle. Elle ne réagit pas. Margareth se souvint l'avoir déjà vue devant chez les Robinson.

— Matt, regarde cette femme là-bas, elle a l'air bizarre. Prends-la en photo s'il te plaît.

Le génie de l'informatique s'exécuta.

— Essayons de l'accoster, dit-il.

Ils sortirent dans la rue au milieu des curieux. Ils cherchèrent l'étrange jeune femme. Margareth vit une tache noire de l'autre côté du trottoir, entourée d'une quinzaine de badauds.

— Je crois qu'elle est là-bas, dit-elle.

Accompagnée de Matt, elle se dirigea vers la jeune femme. Effectivement, c'était celle qu'ils cherchaient. Elle n'avait pas bougé. Toujours le regard perdu dans le vide, elle fixait la maison sans sourciller. Margareth remarqua qu'elle marmonnait. Ses lèvres remuaient, mais aucun son n'en sortait. Elle eut la vague impression que la jeune femme récitait des incantations ou priait. La nonne se planta devant elle.

— Bonjour madame, j'aimerais vous parler quelques instants.

La jeune femme ne parut pas l'entendre et continuait à baragouiner des mots incompréhensibles, le regard fixe, les yeux éteints. Matt la poussa doucement au niveau du bras.

— Madame ? Vous nous entendez ? Nous avons quelques questions à vous poser ?

Elle sortit de sa torpeur, cligna des yeux et les regarda avec surprise l'un après l'autre.

— Que me voulez-vous ?

— Nous enquêtons sur le drame qui est survenu chez les Robinson et les Macquarie, dit Matt et nous aimerions savoir si vous les connaissiez.

— Oui, ce sont des amis, dit-elle. Ce qui leur est arrivé est affreux.

— Quel est votre nom, demanda Margareth.

— Lily Tremblay. Je m'appelle Lily Tremblay. J'habite dans la rue, les Robinson et les Macquarie sont des voisins.

— Pouvez-vous nous en dire plus sur eux, demanda Matt.

— C'étaient des personnes gentilles, sans histoires, serviables. Je suis choquée. Je prie pour leurs âmes. Que Dieu atténue la douleur des proches.

Elle étreignit le crucifix qu'elle portait en pendentif autour du cou. Matt remarqua que ses ongles étaient longs et peints en noirs. Cela ne collait pas avec l'image d'une pieuse catholique.

— Merci, dit Margareth, pour votre témoignage. Nous reviendrons vers vous si nous avons d'autres questions.

Lily Tremblay acquiesça. Margareth et Matt s'éloignèrent.

— Vous en pensez quoi, demanda Matt.

— J'ai la vague impression que cette jeune femme est impliquée dans cette affaire. Elle n'est pas nette. Peux-tu demander à Crystal de faire des recherches sur son compte.

Le cœur de Matt se gonfla de joie et lorsqu'il vit son amie sur l'écran de son téléphone, il crut qu'il allait exploser. Crystal était son rayon de soleil, celle qui lui fit oublier, pour un instant, les images horribles des cadavres.

Pendant ce temps, chez les Macquarie, Dimitri, Carlo, Roy Callum et Vincenzo inspectaient la chambre de Julia Macquarie. Le médecin légiste avait déjà fait enlever le corps. Seuls restaient le sang et des bouts de chair éparpillés partout dans la pièce. Là encore, on n'avait pas retrouvé le cœur de la victime.

Dimitri remarqua une planche oui-ja posée sur l'étagère.

— Julia faisait du spiritisme, dit-il.

— Aurait-elle invoqué un démon, demanda Carlo.

— Je ne pense pas, dit Dimitri. Ceux qui ont participé à une messe noire chez les Robinson ont appelé un démon, pas elle. À mon avis, cette adolescente baignait tellement dans l'occulte à cause de ses parents, qu'elle ne pouvait pas s'empêcher de s'y adonner. Comme un jeu. Gardons en tête que les Robinson comme les Macquarie étaient francs-maçons, donc servaient Lucifer. Toute la maison devait respirer l'ésotérisme à pleins poumons !

Vincenzo retira un livre à la couverture noire rangé au milieu des romans jeunesse qui tapissaient la bibliothèque et le montra à Dimitri.

— Je pense que ceci devrait vous intéresser, dit-il.

Effectivement, il lui tendit un grimoire, un livre de magie noire que Dimitri inspecta.

— Ce livre donne des rituels de la magie d'Hécate. Une magie très puissante basée sur la démone Hécate.

— Hécate ? La déesse de la lune dans la mythologie grecque, demanda Carlo.

— En personne, répondit Dimitri. Divinité ambivalente qui est liée au culte de la fertilité et de la richesse matérielle, mais aussi déesse de l'ombre et des morts. D'ailleurs, maintenant que j'y pense, j'ai remarqué un sceau gravé sur l'autel démoniaque des Robinson ainsi qu'une statuette en pierre. Je n'ai pas su, dans l'immédiat, mettre un nom sur ces objets, mais à présent, cela devient évident. Les Robinson priaient Hécate, ainsi que toute sa troupe. Je vais vérifier cette information, mais je ne pense pas me tromper.

— Emportez ce livre, dit Vincenzo, vous en aurez certainement besoin pour vos recherches.

Dans la chambre parentale, Carlo découvrit encore un diplôme franc-maçon, toujours de l'obédience Human Rights. Dimitri regarda le document par-dessus l'épaule de son ami.

— C'est fou comme je ne suis pas étonné de voir un tel document ici ! La plupart des francs-maçons ne savent pas qu'ils servent Lucifer. Ils pensent travailler pour le bien-être de l'humanité, mais œuvrent à sa destruction. La franc-maçonnerie fait partie du domaine de l'ésotérique. Donc, entre incantations sataniques, messes noires et franc-maçonnerie, il n'y a qu'un pas. Tout est lié en fait.

— Vous voulez dire que les francs-maçons sont tous des satanistes, demanda Carlo.

— La plupart sans le savoir, mais oui, tous sont satanistes. Tous ne pratiquent pas la magie, mais tous sont imprégnés de magie à cause des rituels qui s'accomplissent au sein des obédiences, notamment le rituel de la chaîne d'union dans lequel l'esprit de Tubal Caïn passe de franc-maçon en franc-maçon.

— Tubal Caïn, c'est qui celui-là ?

— Le fils de Caïn, lui-même fils d'Adam, Caïn, le premier meurtrier de l'histoire de l'humanité. Les francs-maçons pensent que Tubal Caïen est le premier libérateur de l'être humain.

Soudain, la porte de la chambre à coucher claqua dans un vacarme tonitruant, la pièce s'assombrit et une odeur nauséabonde s'éleva du sol. Vincenzo sortit son crucifix de la poche de son pantalon en toile ainsi qu'une fiole d'eau bénite. Dimitri agrippa son crucifix. Comme il était rassuré de le sentir près de sa cuisse, un instant, il avait cru l'avoir perdu comme son collier.

— Préparez-vous, je crois que nous allons combattre un démon ! Monsieur Callum, veuillez vous placer derrière moi pour votre protection.

L'inspecteur sentit son corps trembler, la peur le submergea. Il sursauta lorsque les persiennes en bois de la fenêtre se mirent à claquer contre les vitres. Soudain, le grimoire que tenait Dimitri fut projeté dans les airs et vint frapper Roy Callum à la tête. Ce dernier se retourna et hurla d'effroi : la bibliothèque vibrait et lévitait à vingt centimètres du sol. En proie à la panique, il agrippa Vincenzo au collet.

— Arrêtez ça, je vous en prie.

Vincenzo se dégagea avec force et, d'un coup d'épaule, força l'inspecteur à se placer derrière lui. Il lui fit signe de ne pas bouger.

— Couchez-vous, ordonna-t-il.

Tous les livres que contenait le meuble furent projetés hors des étagères et vinrent frapper le dos des Purificateurs. Un roman jeunesse, un gros pavé de cinq cents pages, atterrit sur la tête de Dimitri qui pesta et se frotta le front.

— Montre-toi, démon, ordonna Vincenzo d'une voix puissante.


Dehors, Matt alerta Margareth et montra du doigt les persiennes qui cognaient sur l'une des fenêtres de la maison des Macquarie.

— Je crois que quelque chose de pas normal se passe dans la maison, dit Matt.

— Ho mon Dieu, s'écria Margareth. Allons aider notre équipe.

Tous deux foncèrent à l'intérieur de la bâtisse pendant que les inspecteurs de police en sortaient précipitamment.

— N'entrez pas là-dedans, cria l'un d'eux. Cette maison est hantée !

— Il y a le Diable à l'intérieur, brailla un autre.

Margareth les regarda fuir. Dehors le ciel s'était assombri. Sur le trottoir, les curieux commençaient à crier. Matt agrippa un policier qui passait en courant près de lui.

— Faites évacuer toutes ces personnes, ordonna-t-il.

Margareth grimpait déjà les escaliers qui menaient au premier étage. Une odeur de putréfaction suintait des murs. Les lustres se balançaient. Les lumières s'éteignaient et se rallumaient. Matt la rejoignit. Margareth arriva à l'avant-dernière marche. Elle brandissait son crucifix devant elle. Soudain, une épaisse fumée noire envahit le couloir. Dans la fumée, une silhouette se dessina. Celle d'une femme, d'une harpie aux longs cheveux noirs. Un rire démoniaque s'éleva dans les airs. Margareth avança, mais elle se cogna contre un mur invisible qui stoppa net son élan.

— Qu'est-ce que c'est que cela ?

— Vous ne passerez pas, railla l'entité. Vos amis sont à moi, à moooiii !

Margareth essaya encore d'avancer, mais un mur invisible la bloqua à nouveau.

— On ne peut pas atteindre le premier étage, cria-t-elle.

Matt tenta à son tour de forcer le barrage surnaturel. Une force invisible le repoussa violemment et il s'affala à terre. Il évita la chute au bas des escaliers de justesse et regarda Margareth avec stupeur.

— Et qu'est-ce qu'on fait maintenant ?

— On prie. C'est la seule chose à faire.


Dans la chambre, Vincenzo se tenait prêt au combat. Tout autour de lui, les objets lévitaient, tournoyaient et étaient projetés contre les Purificateurs. Vincenzo, droit comme un i, ne cherchait pas à les éviter et aucun ne vint le percuter.

— Je t'attends démon, cria-t-il. Montre-toi !

Les volets claquaient sur les vitres à un rythme effréné. Le bruit était insupportable et résonnait dans toute la pièce. Roy Callum se boucha les oreilles avec ses mains. Il était terrifié. Recroquevillé sur lui-même, accroupi, il n'osait à peine relever la tête.

Carlo et Dimitri s'approchèrent de Vincenzo. Au passage, Dimitri reçut un deuxième livre sur la tête. Il pesta contre cette nouvelle attaque avec véhémence. Carlo évita de justesse une fiole contenant du parfum. Il la regarda se briser sur le sol, libérant la fragrance qui se mêla à la puanteur environnante. Le mélange était irrespirable. Le prêtre-exorciste se tourna vers ses amis.

— Nous devons le forcer à se montrer ! Commençons le Rituel.

Mais avant même que Carlo ait eu le temps d'ouvrir son manuel, une silhouette se matérialisa, une sorte de harpie aux cheveux hirsutes et aux yeux rouges. Elle ricanait.

— C'est Empuse, dit Dimitri.

— A-t-elle une particularité, demanda Vincenzo, un point faible ?

— Sa particularité : réduire les humains en charpie. Son point faible : sa mère, Hécate, à qui elle doit obéissance.

La chose gloussa de plus belle.

— Je sens votre peur, quel effluve délicieux. Votre peur rend votre viande si succulente. Il est l'heure de passer à table.

Et elle s'élança dans les airs. Vincenzo brandit son crucifix devant lui.

— Au nom du Christ, je t'ordonne de t'arrêter !

La démone percuta un mur invisible et s'écroula au sol. Elle se releva en riant.

— Tu n'es pas assez fort pour me battre prêtre. Je vais me faire un plaisir de te dévorer.

Vincenzo éleva le crucifix au-dessus de sa tête.

— Ho mon Seigneur, viens à mon aide, je te supplie. Viens à mon secours, moi ton humble serviteur, je ne suis pas digne de toi. J'implore ton aide Jésus-Christ. Envoie-moi tes soldats pour vaincre cette créature des ténèbres.

Un halo lumineux transperça le toit de la maison et vint se poser sur Vincenzo. Baigné de chaleur, il sentit ses forces se décupler et regarda

Empuse qui recula.

— Je t'ordonne, démone Hécate, de rappeler ta fille auprès de toi.

De violents coups résonnèrent contre le mur.

— Hécate ! M'entends-tu ? Rappelle ta fille près de toi, c'est un ordre !

Empuse se mit à crier, une longue plainte de frustration et de douleurs, puis disparut dans une fumée noire.

Tour redevint calme. Les persiennes cessèrent de cogner contre les fenêtres, tous les objets en lévitation tombèrent lourdement au sol. Dimitri reçut à nouveau un livre sur le front. L'aura lumineuse sur Vincenzo diminua en intensité pour s'évanouir.

— Mais merde ! C'est vraiment pas ma journée, gémit Dimitri.

Déjà trois bosses pointaient sur le sommet de son crâne. Dans la confusion, il avait perdu son crucifix, celui donné par Carlo lorsqu'ils étaient à bord du jet privé. Il chercha partout, sans le trouver. Une impression de désolation l'envahit. Désespéré, il regarda Carlo qui l'aida à chercher l'objet, en vain.

Vincenzo tendit une main à Roy Callum pour l'aider à se relever lorsque Margareth et Matt arrivèrent en trombe dans la chambre.

— Tout le monde va bien, demanda Margareth.

— Je pense oui, répondit Carlo.

— Sauf ma tête, dit Dimitri en se massant le front. Et le fait que j'ai encore perdu mon crucifix.

Carlo se mit à rire.

— C'est vrai que la démone ne vous a pas épargné.

— Nous n'avions pas pu arriver plus vite, dit Matt. Un mur invisible nous barrait le chemin. Il a disparu comme ça, comme par enchantement.

— Rentrons à l'hôtel pour reprendre nos esprits, dit Vincenzo. Un dur combat nous attend et nous devons nous y préparer. Monsieur Bohé, s'il vous plaît, demandez à monsieur Zio et mademoiselle Ivodric de nous y rejoindre. Monsieur Marchand, nous devons parler tous les deux, seul à seul.

Dimitri hocha la tête.

Dans la rue, alors qu'ils s'apprêtaient à grimper dans la voiture de l'inspecteur, Roy retint Vincenzo par le bras.

— Tout ce qui est arrivé dans cette pièce est vraiment arrivé ?

Le prêtre hocha la tête.

— C'était quoi cette aura lumineuse autour de vous ?

— Ma protection divine.

Roy Callum n'insista pas. Une tonne de questions se bousculait dans sa tête, il était dépassé par les évènements, mais devant la mine fatiguée de l'exorciste, il décida de reporter son interrogatoire.

Vincenzo était en effet épuisé. Il avait mené une lutte spirituelle intense qui l'avait vidé de ses forces. Il devait se requinquer. Ce démon était puissant. Arriverait-il à le repousser ? Lisant dans ses pensées, Margareth lui posa une main amicale sur le bras.

— Nous sommes là pour vous aider mon Père. En unissant nos forces, nous y arriverons.

Un sourire las se dessina sur les lèvres du prêtre. C'est cela qu'il faut faire, unir les forces.

# Flash-back n° 3

Nouvelle nuit, nouveau réveil pour notre vampire, nouveau meurtre d'une prostituée.

Charlie Wilson enchaînait ses repas. Il avait besoin de sang, de toujours plus de sang. Son organisme lui en réclamait toujours plus, encore plus. Il n'était jamais rassasié. Toujours affamé, il errait toutes les nuits dans les rues malfamées de Londres. Et à chaque sortie, il se sentait de plus en plus seul. Isolé des autres.

Il voyait les vivants s'amuser, boire un verre dans les bars branchés, s'attabler dans les restaurants à la mode, draguer, s'amouracher, rire… Il ne pouvait participer à aucun de ces divertissements. Dès l'aube, il rentrait se cacher du soleil dans le mausolée qui était devenu son habitation. Ses uniques compagnons : le remords et la haine de lui-même. Ce remords qui lui faisait regretter sa demande à Hécate. Cette haine ne le lâchait pas. Elle l'avait épousé à son insu. Une terrible compagne destructrice qui lui collait aux basques, lui étreignait les tripes. Charlie Wilson détestait ce qu'il était devenu. Et cette nuit, cette haine se transforma en rage.

Charlie venait de se nourrir. Une énième victime au goût amer. Une jeune femme droguée jusqu'à l'os. Avait-il le droit de lui ôter la vie ? Bien sûr que non ! Il avait bien essayé de ne tuer que des rats pour se sustenter. Il avait tenu trois nuits avant de reprendre la chasse à l'être humain. Chaque fois qu'il tuait une innocente, il ne pouvait s'empêcher de crier sa haine de lui-même. Un monstre, voilà ce qu'il était devenu. Un monstre esclave d'Hécate.

Lui qui croyait qu'être un vampire allait lui donner du pouvoir, était une grande aventure, se rendait compte du contraire. Être vampire, c'est errer la nuit pour chercher de la nourriture, être isolé, ne pas exister, ne plus avoir d'existence. Lily lui manquait aussi terriblement.

Il essuya son menton dégoulinant de sang d'un geste de la main et regarda sa victime. Son visage exprimait l'extase ultime. Qu'elle était belle ! Comme il aurait voulu l'avoir pour amie. Une amie, c'est de cela qu'il avait besoin ! Quelqu'un qui partage sa solitude.

D'un bond, il sauta du deuxième étage de l'hôtel sordide où il venait de faire sa énième victime et atterrit sur le trottoir. Très vite, il se cacha derrière un abribus. Un couple passa devant lui sans le voir. Il les détailla. Les deux jeunes gens enlacés respiraient le bonheur. L'homme tenait sa petite amie par la taille, elle, les yeux mi-clos, se blottissait contre lui. Il se souvint de ses sorties avec Lily, se baladant dans les rues main dans la main, deux amoureux insouciants discutant du film qu'ils venaient de visionner au cinéma ou de l'avenir qu'ils entrevoyaient merveilleux. Une larme coula de son œil droit qui s'éteignit sur sa joue. Il regarda ses mains, celles qui avaient si souvent caressé le corps sublime de Lily, des mains aux longs ongles noirs, grises, décharnées. Qu'était-il devenu ?

Ne se supportant plus, il se réfugia au cimetière de Highgate. Toute sa colère put enfin éclater. Il hurla sa douleur. Il frappa sur une colonne qui s'effondra. Tel un loup enragé, il s'attaqua à tout ce qui se trouvait à sa portée, renversant les pierres tombales, fracassant les tombes... pour enfin s'écrouler sur une tombe où il continua à épancher sa rage dans les pleurs, des larmes brûlantes qui s'évaporaient au contact de sa peau glaciale. Il entendit des applaudissements, de petits claps à deux mains d'une seule personne. Il releva la tête. Hécate se tenait devant lui.

— Bravo, dit-elle. Aucun vampire n'a déshonoré à ce point ta race.

Charlie se redressa.

— S'il te plaît, tue-moi. Je n'en peux plus, je veux mourir.

— Sauf que tu es déjà mort et que l'on ne peut tuer quelqu'un qui n'a plus d'existence. Fais-toi une raison et arrête de pleurnicher.

— Je suis devenu un meurtrier, j'en peux plus de tuer des innocents tous les soirs.

— Les filles que je te donne ne sont pas des innocentes, elles sont des damnées consentantes. Tu ne fais que m'apporter leur âme plus tôt que prévu.

— J'aimerais une femme à côté de moi, je t'en supplie, accepte de m'accorder cette faveur. Je ne supporte plus cette solitude.

Hécate, les yeux brillants de haine, se pencha sur le vampire et lui tira les cheveux afin de relever sa tête. Ainsi, il ne put se soustraire à son regard noir. Charlie trembla d'effroi. La démone personnifiait la désolation, la mort, le néant.

— Tu me déçois, dit Hécate. Tu m'as suppliée de te transformer en vampire et maintenant, tu pleures comme une fée.

Elle cracha sur son visage. L'acidité de la salive perça la peau du vampire qui se mit à brûler. Charlie fut surpris de ressentir la douleur.

— Je déteste les fées, elles sont futiles et inutiles, toujours pleines de bonne volonté, mais tellement bêtes. Lorsque tu m'as appelée et que j'ai daigné te répondre, tu savais ce qu'impliquait un tel pacte. Et maintenant, tu veux que je te libère ? Mais tu rêves ! Ho oui, je pourrais te torturer jusqu'à ce que tu crèves. Mais je préfère te voir souffrir par petites doses pour l'éternité. Cela me procure davantage de plaisir. Et cesse de pleurnicher, sinon je t'envoie ma fille qui te donnera une bonne correction. Sais-tu comment l'on remet les damnés dissidents sur le droit chemin ? On les plonge dans le feu, et lorsqu'ils ne sont plus que des os carbonisés, on les ressuscite et on recommence le processus. Encore et encore. La souffrance est atroce et ne s'arrête jamais. C'est cela que tu veux ?

Charlie fit non de la tête.

— Ceci est mon premier avertissement esclave. Je n'aurai pas la patience de t'en donner un deuxième. Un conseil : essaie de trouver du plaisir dans ta nouvelle condition, trouve-toi un passe-temps et arrête de m'faire chier. Est-ce que c'est compris ?

Charlie hocha doucement la tête et s'inclina devant Hécate qui s'évapora dans une épaisse fumée noire. Le vampire se releva et se dirigea vers sa demeure. Le soleil allait se lever. Il pouvait déjà sentir la brûlure de ses rayons. Seul à l'abri dans le mausolée, il fit les cent pas. Il ne se supportait plus, il ne supportait plus sa vie de vampire. Demain soir, il devrait à nouveau se mettre en chasse, rayer de ce monde une innocente au sang impur, la condamner à la damnation éternelle. Tous les visages de ces pauvres créatures tournoyaient dans sa tête, des voix s'imposaient dans son cerveau, le traitant de tous les noms. Dehors, le soleil était à présent haut dans le ciel, inondant le cimetière, revigorant les plantes. La nature se réveillait, lui devait s'endormir. Le doux piaillement des oiseaux retentissait. D'un bond, il sortit de sa cachette et s'offrit à l'astre lumineux. De la fumée commença à s'élever de son corps, sa peau noircissait, la douleur était insupportable. C'était sa seule façon de mourir, se donner au Créateur. Des cloques se formèrent sur son visage, ses épaules brûlaient, ses mains se décharnaient, ses os se consumaient. N'en pouvant plus de ce supplice, il se précipita dans la crypte. Brûlé jusqu'à l'âme, il se recroquevilla sur lui-même, sanglota. La douleur s'estompait, sa peau commençait à se régénérer. Espèce de lâche ! Oui, il se sentait lâche. Et c'est avec cette pensée qu'il s'endormit.

Le soir venu, il se réveilla. Son corps guéri réclamait du sang. Ses sens en éveil captèrent la présence d'un rat qu'il traqua et captura. Cette proie ne lui suffisait pas. Il avait perdu beaucoup trop d'énergie pour se contenter de ce repas. Mais il ne voulait plus tuer de femmes innocentes. Il devait chasser des animaux plus gros. Avant cela, il ressentit le besoin de voir Lily.

Devant chez elle, dans le quartier Chelsea de Londres, il regarda la maison silencieuse. Lily devait dormir. Il entra par la fenêtre de sa chambre située au premier étage. Lily dormait toujours en laissant la fenêtre de sa chambre ouverte. Elle avait peur d'avoir chaud la nuit, elle ne supportait pas la chaleur. Cette lubie lui était venue après avoir célébré une messe noire pendant laquelle elle s'était évanouie. Depuis, elle n'avait plus jamais été la même. Identique, mais pas pareil. Quelque chose s'était passé lors de cette séance.

Charlie la regarda dormir. Comme elle était belle ! Il avait presque oublié sa beauté. Elle semblait heureuse. Pourtant, il remarqua les nombreux kleenex posés en boule sur la table de chevet et ceux qui tapissaient le sol. Soudain, la jeune femme se redressa et hurla. Un cauchemar qui surprit notre vampire, qui, d'un bond, s'agrippa aux poutres du plafond pour ne pas être vu. Depuis la terrible nuit du cimetière d'Highgate, de mauvais rêves assaillaient Lily Tremblay dès qu'elle s'assoupissait. Et la journée, la jeune femme semblait évoluer dans un mauvais rêve. Elle avait perdu l'homme de sa vie et cherchait par tous les moyens à le récupérer. Elle voulait trouver le moyen de casser le pacte, de libérer Charlie de l'emprise d'Hécate. Un rituel pour forcer Hécate à lui obéir existait. Ce rituel pouvait s'avérer très dangereux et les autres membres de leur petit comité de satanistes ne voulaient pas en entendre parler.

Toutes les nuits, Lily rêvait de Charlie souffrant le martyre qui l'appelait au secours. Elle se mit à pleurer. Ses sanglots résonnèrent dans la pièce et touchèrent le vampire en plein cœur. Dans ses pleurs, elle répétait en boucle son nom. Se pinçant les lèvres, Charlie ne savait pas comment réagir. Il aurait aimé la consoler, la vampiriser pour faire d'elle sa compagne éternelle, mais n'en avait pas le droit. Il ne supportait pas de la voir ainsi. Au Diable les règles ! Comme les francs-maçons disaient toujours : « il n'y a pas de mal ni de bien, tout est relatif et les règles sont établies pour que les francs-maçons puissent les transgresser s'ils les jugent aberrantes. » Lucifer lui-même avait désobéi aux règles de Dieu en s'opposant à lui. Alors, Charlie sortit de sa cachette et se montra à Lily.

Lorsqu'il apparut, la jeune avocate sursauta. Les yeux encore embués de larmes, elle crut à une hallucination.

— Je suis là, dit Charlie. C'est moi.

Les traits de Lily se transformèrent en une expression de joie. Elle bondit de son lit et se jeta sur Charlie. Ce dernier la serra dans ses bras et huma son parfum. Plus rien ne comptait. Ce moment d'extase dura quelques secondes, puis Lily redressa la tête et le regarda.

— Mon Dieu que tu es froid ! Tu as une mine effroyable !

— Je vis un enfer, c'est insupportable.

Lily lui prit la main et le fit asseoir sur le lit.

— Raconte-moi.

— Je suis devenu un monstre. Toutes les nuits, je dois me nourrir, je tue des innocents.

— C'est toi le serial killer qui s'attaque aux prostituées ?

Charlie hocha la tête.

— Je me dégoûte. Je pourrais arrêter tout cela, manger que des animaux, mais j'en ai pas la force. Le seul plaisir que j'ai c'est de boire leur sang. Je suis seul, je vois les autres vivre autour de moi et moi, je suis un grand vide. J'ai besoin de quelqu'un à mes côtés.

— Fais de moi un vampire, comme cela nous serons à jamais ensemble.

Charlie se leva d'un bond.

— Non ! J'peux pas faire ça ! Je t'aime ! J'peux pas t'infliger une telle chose ! Crois-moi, j'y ai pensé, je l'ai même imaginé cette vie de reclus avec toi pour l'éternité. Mais être un vampire, c'est pas joyeux. Je suis mort, je n'ai plus d'âme, je suis froid à l'intérieur, et petit à petit, mes souvenirs d'avant s'évanouissent. Bientôt je vais t'oublier. J'peux pas t'infliger ça.

— Et si c'est moi qui te le demande ?

— Non, j'peux pas. Tu as toute la vie devant toi, tu es belle, brillante, tu n'as pas le droit de renoncer à tout ça.

— J'en veux pas de tout ça ! Et je n'ai déjà plus d'âme, je l'ai vendue à Lucifer.

— Être un vampire, c'est mourir à petit feu chaque nuit. Et j'veux pas t'infliger ça. Chaque nuit qui passe, tu perds un peu de toi, tu deviens un monstre, tu n'as plus rien d'humain, tu n'as plus de conscience.

— Alors, je vais trouver le moyen d'annuler ce maudit pacte.

— Non ! Ne fais pas ça ! C'est trop dangereux !

Soudain, Charlie disparut, aspiré par un tourbillon. Lily cria son nom, mais il ne revint pas. Elle jura de le retrouver et de le sauver, coûte que coûte. Elle jura de le libérer d'Hécate.

Charlie apparut dans le mausolée. Hécate l'attendait. La démone était accompagnée de ses animaux de compagnie et d'une créature aux cheveux hirsutes et au regard flamboyant de haine. Un rictus agressif défigurait le visage d'Hécate.

— Tu as désobéi, cria-t-elle. Ma fille va faire en sorte que cela ne se reproduise plus jamais !

La créature l'attrapa par les cheveux et le traîna jusqu'au fond du mausolée. Là, elle lui infligea les pires tortures. Charlie ne chercha pas à se défendre. Cela ne servait à rien. La vision de Lily apaisait un peu ses souffrances. Il jura obéissance à Hécate. Une nouvelle fois. Et le lendemain soir, comme un vampire docile, il reprit ses traques aux prostituées. Mais, il s'était fait une raison et s'interdisait de culpabiliser pour chaque vie innocente qu'il ôtait. Après tout, il était un monstre, et un monstre se comporte toujours comme un monstre.

# Retour au présent

Vincenzo se passait de l'eau sur le visage. La journée avait été dure, fatigante moralement. Toutes ces images des cadavres l'avaient remué. Il se sentait las. L'attaque démoniaque qu'il avait subie l'avait vidé de ses forces. Il s'agenouilla et étreignit son crucifix.

— Seigneur, s'il te plaît, donne-moi la force de réussir cette mission. Amen.

Il embrassa le crucifix et se releva. On frappa à sa porte. D'un pas, il se trouva devant et l'ouvrit. Dimitri se tenait sur le palier.

— Mon Père, Daniel et Élisabeth sont arrivés.

— Allons-y, le travail nous appelle. Mais avant cela, j'aimerais m'entretenir avec vous si vous le permettez.

Dimitri entra dans la chambre.

— Je crois que vous savez déjà ce que je vais vous dire, enchaîna Vincenzo. Vous avez perdu votre crucifix et cela à deux reprises. Bien que je rejette toute forme de superstition, je vois dans ces deux évènements un signe que vous envoie notre Seigneur. Peut-être veut-Il vous faire comprendre que vous devez Lui confier vos tourments et vos péchés.

— Mon Père, je pense effectivement que je dois me confesser.


Une fois la confession terminée, tous deux descendirent l'escalier de l'hôtel. Le démonologue serrait le crucifix, offert par Vincenzo, dans sa main. Il était soulagé, comme délesté d'un poids lourd qui affaissait ses épaules. L'équipe des Purificateurs s'était réunie dans le hall d'entrée. Roy Callum était aussi de la partie. Il était passé au commissariat pour récupérer les photographies des scènes de crime envoyées par mail par les équipes scientifiques ainsi que les premières conclusions du médecin légiste.

Vincenzo leur fit signe de le suivre. Ils s'établirent dans le petit salon de l'hôtel encore calme à cette heure-ci de la journée. Au bar, Margareth commanda le dîner. Des sandwichs, des hot-dogs et des paninis. Lorsqu'elle revint portant un plateau débordant de victuailles, Dimitri se leva et retira une chaise pour qu'elle puisse accéder sans encombre à la table. Margareth le remercia.

— Bon, dit Vincenzo, faisons le point. Que savons-nous ?

— Nous avons deux familles assassinées d'une façon ignoble sur les bras, dit Roy Callum, et un tueur en série qui a déjà commis douze meurtres.

— Pour moi, dit Carlo, il y a deux meurtriers, mais les deux affaires sont liées.

— Concentrons-nous, dans un premier temps, sur les Robinson et les Macquarie, dit Vincenzo. Si nous trouvons le fin mot de cette histoire, nous trouverons le deuxième tueur.

— Les Robinson et les Macquarie sont des francs-maçons à jour de leur cotisation, dit Dimitri.

— Donc, dit Carlo, ils ont un lien avec l'occulte. Est-ce que Crystal a pu dénicher de nouveaux éléments sur ces personnes ?

Matt hocha la tête.

— Elle nous a envoyé tout ce qu'elle a trouvé sur eux. En fait, pas grand-chose, mis à part qu'ils étaient des gens plutôt aisés, avec de bonnes situations. Les francs-maçons sont nombreux dans le quartier.

Vincenzo attrapa le document sur lequel étaient écrits les noms des francs-maçons habitant dans un rayon de cinq cents mètres autour des Robinson et des Macquarie.

— Dans les amis proches, nous avons Carl Lewis, Kevin Swanson,

Charlie Wilson, Marty Devereux…

— Les prochaines victimes se trouvent certainement parmi ces gens, dit Margareth dans un soupir. Le tout étant de savoir à qui le démon va s'attaquer en premier.

Vincenzo se pencha et prit un sandwich, bientôt suivi par Daniel qui mourait de faim. Après avoir avalé une bouchée, l'exorciste se tourna vers Dimitri.

— Monsieur Marchand, avez-vous découvert de nouveaux éléments concernant l'autel satanique retrouvé chez les Robinson ?

— En effet oui. Je peux dire sans me tromper que nos satanistes en herbe ont invoqué la démone Hécate, une démone très puissante. On l'a vue à l'œuvre chez les Macquarie. Mais aussi qu'ils ont invoqué Satan lui-même. Dans quel but ? Je ne le sais pas.

— Je croyais, dit Margareth, que chez les Macquarie, ce n'était pas Hécate qui a attaqué, mais sa fille.

— C'est exact ma p'tit'dame.

Margareth grimaça. Elle détestait lorsque Dimitri l'appelait de la sorte. Ce dernier continua.

— La fille d'Hécate, c'est Empuse et Empuse ne peut agir que si Hécate le lui demande. De plus, Empuse est une démone succube et vampire. Empuse présente la particularité de casser les os de ses victimes, de les broyer, de s'acharner sur ses victimes.

— Est-ce possible, dit Matt, que les Robinson et les Macquarie aient réalisé un pacte avec Hécate et que cette dernière se venge sur eux en envoyant Empuse leur briser les os ?

— C'est aussi ce que je pense, dit Dimitri. Et donc, tous ceux qui ont participé à la messe noire sont en danger. De plus, souvenez-vous, j'ai dit qu'Empuse est un vampire. Quiconque sait cela, devine par déduction que sa mère, Hécate, possède le pouvoir de transformer un humain en vampire afin de faire de lui son enfant. Lorsque l'on connaît cette particularité, on peut établir un lien entre les deux affaires qui nous intéressent.

Daniel poussa un petit cri d'exclamation.

— Donc, nos satanistes ont invoqué Hécate afin qu'elle les transforme en vampires. Et, effectivement, la démone a transformé l'un d'eux. Depuis, ce vampire erre dans les rues de Londres à la recherche d'une proie, tandis que les autres sont persécutés par Empuse. C'est ça ?

— Je pense que c'est ça, dit Dimitri.

— Peut-être que nos satanistes ont invoqué Hécate dans le but que l'un d'eux soit transformé en vampire, dit Élisabeth, mais, se rendant compte de leur erreur, ont voulu renoncer au pacte, l'annuler, ce qui a déchaîné la fureur d'Hécate qui a envoyé Empuse pour se venger.

— Ce qui expliquerait la disparition des cœurs des victimes, dit Carlo. Empuse les offre à sa mère pour apaiser sa colère.

— Cela aussi est possible, dit Dimitri. Nous pourrons le vérifier en allant interroger un membre de cette secte démoniaque.

— Nous avons la liste de tous les francs-maçons du quartier, dit Matt.

— Dois-je les convoquer, demanda Roy Callum.

Vincenzo hocha la tête.

— Nous leur rendrons une petite visite, mais je ne veux pas trop vous impliquer dans cette histoire au risque que vous perdiez votre emploi.

— Donc, dit Carlo, nous devons annuler le pacte avant qu'Empuse attaque à nouveau et retrouver le vampire pour le libérer.

Matt avala une gorgée de son soda. Il était dubitatif.

— Je ne comprends pas une chose. On m'a toujours dit que rien n'arrivait sans l'accord de Dieu et que Dieu ne permettait pas à un démon de nous tuer. Le démon peut nous pousser au suicide ou au meurtre, mais ne peut pas nous tuer de ses mains. Or, là, Empuse a pu tuer plusieurs personnes.

Vincenzo esquissa un sourire. Matt était vraiment un garçon surprenant et très intelligent. Son côté scientifique lui donnait cette faculté de poser les bonnes questions.

— C'est exact, répondit Vincenzo, rien n'arrive sans l'accord de Dieu et Dieu ne permet pas à un démon de tuer un être humain, sauf si l'être humain en question n'est plus humain, mais un damné.

— En d'autres termes, continua Carlo, sauf si cet être humain a vendu son âme au démon par un pacte et consent alors aux représailles. Cet homme-là n'est plus sous la protection de Dieu, puisqu'il a agi avec son libre arbitre.

— Il en va de même pour les adolescents. Rappelez-vous que la fille des Macquarie pratiquait le spiritisme. Elle était imprégnée par le Malin.

Vincenzo, qui terminait son sandwich, s'adressa à Daniel.

— Avez-vous trouvé de nouveaux éléments sur place ?

Daniel, la bouche pleine, fit non de la tête. Élisabeth tressaillit. Elle se rappela la Bible dans la chambre 113.

— J'ai eu une vision, dans l'une des chambres, en ouvrant une Bible, j'ai vu apparaître un nom à la page 333, celui de Tremblay.

Surpris, Margareth et Matt se regardèrent.

— Nous avons parlé à une femme qui s'appelle Lily Tremblay, dit Margareth. En fait, j'ai vu plusieurs fois cette femme, une fois devant chez les Robinson, une fois devant chez les Macquarie. Elle m'a intriguée et on est allé lui parler. Mais elle ne nous a rien dit.

— Elle semblait bizarre, comme ailleurs, et récitait des sortes de psaumes à voix basse, enchaîna Matt.

Carlo consulta un document.

— Lily Tremblay se trouve sur la liste des francs-maçons !

— Et, continua Matt, en écoutant l'appel téléphonique anonyme reçu par la police, j'ai cru reconnaître la voix de Lily Tremblay.

— C'est exact, dit Margareth. Nous avons échangé que quelques mots avec cette personne, mais j'ai l'impression que c'est elle qui a prévenu la police pour les meurtres des Macquarie.

— Ce qui signifie, dit Roy Callum, que Lily Tremblay sait des choses sur cette affaire, beaucoup de choses, plus qu'elle ne veut en dire.

— Nous allons nous rendre chez cette personne, dit Vincenzo. Je pense qu'elle est la clé de ces deux affaires. Elle nous mènera certainement au vampire et nous éclairera sur le pacte.

— Pas la peine qu'elle nous conduit au vampire, dit Dimitri. Je pense savoir où il se trouve…

Tout le monde le regarda et une attente interminable s'installa. Dimitri fit durer le suspens en examinant chacun de ses équipiers. Margareth s'impatienta.

— Allez ! Arrêtez de jouer à l'enfant et crachez le morceau !

— Ce langage n'est pas joli dans la bouche d'une p'tit'dame, dit Dimitri. Donc, pour en revenir à nos moutons, le vampire que nous cherchons se trouve au cimetière d'Highgate.

— Pourquoi ce lieu, demanda Daniel.

— Je pense que l'inspecteur Callum connaît la réponse à cette question.

Tous les regards se posèrent sur le policier. Ce dernier déposa son panini à moitié entamé sur une serviette en papier, sur la table, et se racla la gorge.

— Tous les Londoniens savent que ce cimetière est réputé hanté et qu'un vampire erre toutes les nuits entre les tombes à la recherche d'une proie. C'est une légende. Ce cimetière accueille souvent des groupes satanistes pour y faire leurs petites affaires sur les tombes.

— Donc, continua Dimitri, c'est le meilleur endroit pour y chercher un vampire.

— D'accord, dit Vincenzo. Nous devons agir vite avant un nouveau drame qui aura certainement lieu cette nuit. Monsieur Marchand, monsieur Zio et Père Rinaldi, vous irez au cimetière et capturerez le vampire. Les autres, nous nous rendons chez Lily Tremblay. Monsieur Marchand, vous nous y rejoindrez avec le vampire.

— Il va bientôt faire nuit, gémit Matt.

— Cela n'est pas notre problème, dit Vincenzo.

— Oui, mais un vampire, ça se capture la journée, pas la nuit, continua Matt.

— T'inquiète, dit Dimitri, je gère. Et au contraire, un vampire se capture

82

mieux la nuit, parce qu'on peut mieux le piéger. Gardez en tête qu'un vampire est un damné qui, si on l'y contraint, doit obéir à Dieu.

Matt hocha la tête. Il comprenait les arguments de Dimitri, mais n'était pas rassuré pour autant.

— Avez-vous besoin de quelque chose en particulier pour capturer ce vampire, demanda Margareth.

— Seulement du Rituel et de l'eau bénite et bien sûr, des gros bras de Daniel, dit Dimitri.

— Soyez prudents, dit Élisabeth.

**\*\*\*\***

La première équipe des Purificateurs, accompagnée de Roy Callum, arriva au quartier Chelsea de Londres où les magnifiques bâtisses s'enchaînaient. Dans la fourgonnette banalisée de Roy, Élisabeth devenait de plus en plus nerveuse. Margareth remarqua le malaise de son amie, et lui prit la main.

— Racontez-nous ce qui ne va pas.

— Je sens une présence démoniaque, répondit Élisabeth. Sa puissance est colossale. On se rapproche d'elle. Elle nous attend.

La voiture, conduite par Roy Callum, passa lentement devant une maison blanche en pierre aux deux colonnes antiques soutenant un balcon rond. Élisabeth se raidit et montra la luxueuse demeure du doigt.

— Le démon est là.

L'inspecteur gara la voiture le long du trottoir et se retourna vers Élisabeth.

— Vous êtes sûre ? Lily Tremblay n'habite pas ici, mais un peu plus loin dans la rue.

Élisabeth, très pâle, hocha la tête.

— Je le sens.

Matt tapota sur son ordinateur portable.

— C'est la demeure des Swanson. Kevin Swanson se trouve sur notre liste de francs-maçons.

— Allons leur rendre une petite visite, dit Vincenzo

Devant la maison, tous gardaient le silence et s'attendaient au pire. Élisabeth tremblait, Margareth la soutenait. Vincenzo se concentrait. Roy Callum actionna la sonnette d'entrée. Le soir approchait, le soleil commençait à décliner à l'horizon. Il n'était pas rassuré.

Une magnifique femme âgée d'une quarantaine d'années portant un tailleur gris-rose très chic vint leur ouvrir. Elle semblait fatiguée. Son maquillage trahissait ses pleurs récents. Ses yeux bleu-azur se posèrent sur l'inspecteur, puis détaillèrent chaque membre du groupe. Son sourire s'effaça lorsqu'elle vit Vincenzo.

— Vous désirez ?

— Madame Swanson, Anne Swanson ? Je suis l'inspecteur Roy Callum et nous souhaitons vous poser quelques questions concernant les meurtres qui ont eu lieu dans votre quartier. Pouvons-nous entrer ?

Anne Swanson se poussa pour les faire passer et leur indiqua la direction du salon.

— Mon mari est à la maison, et nous avons aussi la visite d'une amie.

Au salon, Kevin Swanson tenait un verre de bourbon dans sa main et s'appuyait sur le bar. Une jeune femme était assise sur le canapé et tournait nerveusement une clé dans ses mains. Lorsqu'elle vit les Purificateurs, son visage se figea. La maîtresse de maison se chargea des présentations.

— Voici mon mari et Lily Tremblay.

Puis, s'adressant à eux.

— Ces hommes enquêtent sur la disparition de nos amis et aimeraient s'entretenir avec nous.

Élisabeth fixa Lily Tremblay. Une aura noire l'entourait, une rage sombre bouillonnait à l'intérieur d'elle.

— Ce qui est arrivé à nos amis est affreux, dit Kevin Swanson. Nous ferons tout notre possible pour vous aider dans cette enquête. Il faut retrouver ce dangereux criminel.

Vincenzo regarda Élisabeth qui lui envoya un signe de tête en direction de Lily.

— C'est très gentil à vous, monsieur Swanson, dit le prêtre-exorciste, mais je pense que la meilleure façon de nous aider et de vous aider est de nous dire toute la vérité.

Lily Tremblay sursauta, Kevin Swanson se figea, sa femme recula d'un pas.

— Que voulez-vous dire, demanda Kevin Swanson.

— Je veux dire, répondit Vincenzo, que nous savons que vous êtes francs-maçons, nous savons aussi que vous pratiquez des messes noires et que vous avez réveillé un démon qui aujourd'hui s'attaque à tous les membres de votre secte satanique. Et qu'il y a un vampire transformé par ce démon qui s'attaque à des innocentes dans les rues de Londres. Vous devez tout nous avouer si vous ne voulez pas être la prochaine victime de ce démon qui vous harcèle.

Anne Swanson se mit à pleurer.

— J'ai jamais voulu que tout ça arrive, on m'a forcée, c'est cette femme la responsable de tout cela.

Elle montra Lily du doigt.

— Tais-toi, cria Kevin Swanson.

— Non je ne vais pas me taire ! À cause d'elle, nos amis ont disparu et nous sommes nous aussi condamnés.

— Je peux vous aider, dit Vincenzo, à condition que je sache exactement ce qui s'est passé.

Lily ricana. Ses yeux se révulsèrent. Elle se tourna vers Vincenzo. Une bave blanchâtre coulait sur ses lèvres.

— Tu ne peux rien faire pour eux prêtre !

Vincenzo agrippa son crucifix et d'un bond, le colla sur le front de la jeune femme. Sa peau commença à brûler. Elle cria de douleur, puis s'affaissa. L'exorciste se tourna vers les autres.

— Sœur Margareth, s'il vous plaît, veuillez attacher cette personne avant qu'elle ne se réveille. Nous devons nous mettre en place pour le combat. Quant à vous, monsieur Swanson, vous allez tout nous dire. Et que quelqu'un s'occupe de madame Swanson et la fasse taire !

En effet, la quadragénaire pleurait, gémissait, criait, tout en même temps. En pleine crise de nerfs, elle n'arrivait pas à se calmer. Matt et Roy Callum la forcèrent à s'asseoir dans un fauteuil, la rassurèrent et lui donnèrent un verre d'eau. Enfin elle se calma.

Vincenzo se tourna vers Kevin Swanson.

— Nous n'avons pas beaucoup de temps devant nous, alors passez aux aveux et vite !

Kevin avala une bonne lampée de Bourbon. Son teint avait pris une tonalité grisâtre. Ses mains tremblaient.

— Je croyais que c'était un jeu…

Et il raconta l'excursion au cimetière d'Highgate, le rituel utilisé pour invoquer Hécate, comment la démone a transformé Charlie Wilson en vampire.

— C'est lui qui le voulait, il nous a suppliés, presque menacé de le faire.

— Donc, le vampire que nous recherchons s'appelle Charlie Wilson, dit Vincenzo. C'est lui le responsable des meurtres des prostituées.

Kevin Swanson hocha la tête.

— J'ai vaguement entendu parler de cette histoire, mais les journaux ne se sont pas étalés sur le sujet… J'en sais pas plus.

— Normal, dit Margareth, des prostituées, cela n'intéresse pas les masses médias ni les francs-maçons.

— J'ai fait le rapprochement lorsque Lily est venue nous voir en disant que Charlie était malheureux, qu'il était devenu esclave d'Hécate. Elle nous a suppliés de lui venir en aide. Elle avait trouvé un rituel très ancien pour annuler le pacte. Mais nous n'avons fait que mettre en colère Hécate.

\*\*\*\*

Dimitri, Carlo et Daniel marchaient entre les allées du cimetière d'Highgate.

— Où chercher ce vampire, demanda Daniel.

— Un vampire a besoin de s'abriter de la lumière du soleil, dit Dimitri. Cherchons un mausolée, une crypte. Et surtout, un endroit interdit aux visiteurs. Un vampire a besoin de calme. J'ai noté un mausolée qui est fermé aux visiteurs.

Plan à la main, il guidait ses compagnons à travers les tombes en ruine. Ils entrèrent dans une zone interdite au public, une zone qui paraissait encore plus à l'abandon que le reste du cimetière. Cela faisait un bon bout de temps que personne n'était venu fleurir les tombes. La végétation recouvrait le chemin et les pierres tombales. La nature reprend toujours ses droits, pensa Carlo.

Dimitri s'arrêta et montra les pierres tombales et les colonnes devant lui.

— Regardez, on dirait qu'une bête s'est acharnée sur ces tombes.

En effet, des pierres tombales fendues en deux gisaient sur le sol, des colonnes présentaient des griffures bizarres.

— C'est étrange, dit Daniel. Ces dégradations ont l'air récentes. La végétation n'a pas encore eu le temps de les recouvrir.

— Donc, dit Dimitri, notre vampire se terre dans les parages.

Carlo montra un caveau à moitié caché de lierres grimpants. Un refuge idéal pour un vampire à la recherche de calme.

— Peut-être qu'il se cache là-dedans.

Le mausolée était la dernière demeure de Julius Beer. L'épitaphe était illisible, seul le nom pouvait être déchiffré. Une grille en fer délimitait l'entrée. Elle n'était pas fermée. Quelqu'un avait cassé le cadenas qui gisait à terre.

— Un coup de notre vampire, dit Dimitri. Tenez-vous prêts, je crois que nous allons bientôt tomber sur lui.

Daniel sortit son arme équipée de fléchettes soporifiques, Dimitri ouvrit sa fiole d'eau bénite et Carlo prit son crucifix.

À l'intérieur, l'air était humide et frais. Il y faisait très sombre. Daniel balaya le haut plafond avec sa lampe torche. Il était orné de feuilles d'or.

— Visiblement, dit-il, Julius Beer était quelqu'un de très riche.

Ils avancèrent lentement, éclairant tous les recoins à l'aide de leur lampe torche. Carlo remarqua un orifice au fond de la crypte, de la taille d'une porte. Il le montra à ses compagnons et fit signe de le suivre. Cette porte donnait sur une autre pièce, plus petite, plus sombre encore, plus humide. Ici, aucun rayon de soleil ne pénétrait. Au centre était disposée une pierre tombale de la taille d'une table à manger, surélevée de plus d'un mètre. Sur cette tombe, un cercueil à moitié rongé par les vers dans lequel dormait sur le dos un homme au teint blafard, presque gris, aux longs ongles noirs, aux vêtements usés et sales.

— C'est notre vampire, chuchota Dimitri. Est-ce que tout le monde sait ce qu'il a à faire ?

Les autres acquiescèrent et tous se placèrent autour de Charlie Wilson. Carlo regarda sa montre.

— Le soleil ne va pas tarder à se coucher.

Dimitri, le front perlé de sueur, lui fit signe de commencer le Rituel. Carlo commença à réciter des prières dans sa tête en chuchotant. Daniel pointa son arme sur le vampire. Et Dimitri sortit une corde préalablement imprégnée d'eau bénite. Doucement, il la posa à côté du vampire et précautionneusement, il versa de l'eau bénite tout autour du damné. Puis, tous attendirent, guettant le réveil imminent du monstre.

Soudain, le vampire ouvrit les yeux. Ils étaient imbibés de sang. Il tourna la tête et vit Carlo, toujours plongé dans la récitation des prières du Rituel.

— Qu'est-ce que c'est ça ?

Il voulut se relever, mais resta figé. Ses membres refusaient de lui obéir.

— Qu'est-ce que vous m'avez fait ?

Dimitri approcha de son champ de vision.

— Rien, nous sommes là pour te sauver. Montre-toi coopératif et tout se passera bien.

Mais le vampire n'avait aucune intention de collaborer. Il hurla, tentant désespérément de se mouvoir.

— Tant pis, tu l'auras voulu, dit Dimitri.

Le démonologue fit signe à Daniel qui tira une fléchette. Elle vint se planter dans le cou du vampire. Aussitôt, ce dernier sentit ses forces l'abandonner, puis sombra dans un profond sommeil.

— Très bien, dit Dimitri. Maintenant attachons-le et portons-le chez Lily Tremblay.

— Je ne savais pas qu'attraper un vampire aurait été aussi simple, dit Daniel.

— Ce n'est pas toujours aussi simple que cela, dit Dimitri. Plus un vampire se nourrit de sang, plus il devient fort, voire invincible. Celui-là est encore jeune. À partir d'un certain temps, ils développent une résistance à l'eau bénite et à la prière. Là, les empaler reste le seul moyen de les éliminer. Je sais c'est barbare, mais on n'a pas encore trouvé mieux pour faire disparaître ces buveurs de sang.

Carlo grimaça.

— J'espère que nous pourrons le sauver.

— J'en doute, répondit Dimitri. Mais qui ne tente rien, vit toujours dans le doute de la réussite.

\*\*\*\*

Chez les Swanson, l'heure était toujours aux explications. Vincenzo guettait Lily. Il redoutait son réveil. Il avait besoin de toute son équipe pour contrer Hécate. Il n'avait fait que la repousser, mais il savait que la démone allait revenir, et avec elle, Empuse.

— En vérité, dit-il, nous devons aller là où vous avez réalisé le pacte. Ce n'est qu'à cet endroit que nous pourrons annuler ce pacte.

— Vous pouvez annuler le pacte, demanda Kevin Swanson plein d'espoir.

— Je le peux, à condition que vous le demandiez sincèrement et avec foi. Le problème est que vous êtes francs-maçons, donc imprégnés par le mal. Renoncer à la franc-maçonnerie sera une étape obligatoire à votre libération et je vais devoir vous exorciser. Seul un repenti sincère peut vous sauver, vous, votre femme et tous les autres.

Anne Swanson se précipita dans les bras de l'exorciste.

— Bénissez-moi mon père !

Vincenzo dessina la croix du Christ sur son front avec l'index. Cette dernière tomba à genou devant lui. Le prêtre fit signe à Élisabeth de l'aider à la relever.

— Madame Swanson, redressez-vous, je vous en prie. Nous devons nous pencher uniquement devant le Seigneur.

Elle se mit debout, mais au lieu de se calmer, se rua vers son mari et lui asséna plusieurs coups au niveau de la poitrine.

— Tout ça c'est d'ta faute ! C'est à cause de toi et de cette pute !

Interdit, Kevin Swanson se laissa frapper sans réagir. Un torrent de larmes coulait sur ses joues. Roy Callum maîtrisa Anne et la força à s'asseoir sur une chaise. Margareth lui apporta un deuxième verre d'eau et lui caressa la tête. Élisabeth lui prit la main.

— Bon, dit Vincenzo. Maintenant, vous allez tous m'écouter attentivement. Monsieur Swanson, veuillez contacter toutes les personnes ayant participé au rituel satanique et leur demander de venir ici. Monsieur Bohé, appelez monsieur Marchand et demandez-lui de nous attendre au cimetière, qu'il ne vienne pas ici, nous irons le rejoindre. J'espère qu'il a pu capturer le vampire.

Kevin et Matt s'emparèrent de leur téléphone respectif. Matt s'entretint quelques secondes avec Dimitri, puis raccrocha.

— Bonne nouvelle, ils ont attrapé le vampire. Ils nous attendent.

Quelques minutes plus tard, tous les participants au rituel satanique étaient réunis dans le salon des Swanson. Ils étaient sept, en comptant Lily qui dormait encore. Élisabeth avait posé un plaid sur ses épaules. Beaucoup étaient effrayés, épuisés. Les femmes pleuraient et se consolaient entre elles. Les hommes essayaient de faire bonne figure. Il y avait là les Lewis, les Swanson, les Devereux. Que du beau monde ! La crème londonienne réunie pour un exorcisme de groupe !

— Écoutez-moi tous, dit Vincenzo d'une voix forte. Je pense que vous avez tous compris que ce soir, l'une de vos familles sera attaquée si l'on ne récupère pas le pacte. Nous devons empêcher un nouveau drame d'arriver. Pour cela, nous devons tous coopérer et vous devez tous renoncer au Malin.

— Qui êtes-vous, demanda un homme d'une quarantaine d'années.

— Je suis prêtre-exorciste et la police m'a demandé d'enquêter sur cette affaire. Toute mon équipe est là pour vous aider.

L'homme s'avança et toisa Vincenzo.

— Tout ça c'est des conneries !

— Alors ne m'écoutez pas et rentrez chez vous. Rien ne vous oblige à nous suivre. Pour ceux qui veulent être sauvés, voilà comment nous allons procéder. Nous irons au cimetière où nous inverserons le rituel. Vous devez avoir conscience que la repentance de votre geste est nécessaire afin que l'entreprise réussisse. Vous devez demander pardon pour vous être donnés au démon. Je ne pourrai pas vous sauver sans ce pardon sincère.

— J'crois pas que ton Dieu puisse nous aider, dit l'homme. Ton Dieu n'existe pas. Il n'a jamais rien fait pour moi !

— S'il te plaît Marty, cria une femme, écoute-le. Ça suffit les conneries maintenant ! Jemina est morte, et Janet, et Oscar et Ruben ! Et les enfants ! Oh mon Dieu, ils étaient innocents ! Qui sera le prochain ? Il y a déjà eu trop de morts, faut arrêter ce massacre !

— Ouais, tais-toi, dit Carl Lewis, et écoutons ce prêtre.

— Tout ça c'est la faute de Lily, vociféra une femme à la longue chevelure brune.

— Cela ne sert à rien d'accuser quelqu'un pour notre malheur, dit Anne Swanson. Nous sommes tous responsables de ce qui nous arrive ! Nous avons tous été d'accord pour faire ce stupide rituel ! Arrêtons d'incriminer Lily, elle souffre déjà tellement depuis la disparition de Charlie.

— Moi j'avais prévenu que c'était dangereux, dit Julia Lewis.

— Tant pis pour elle, cria l'homme. Charlie a voulu être un vampire, que ce monstre crève. Moi j'veux plus participer à tout cela !

— Vous êtes libre de partir, dit Vincenzo, je ne peux vous forcer en rien. Pour ceux qui restent, veuillez m'écouter attentivement, renoncez à votre vie d'avant et consacrez-vous au Seigneur. Vous devrez, une fois cette histoire terminée, brûler tout ce qui est en rapport avec l'occultisme et quitter la franc-maçonnerie. Cela doit être très clair dans votre tête. Maintenant allons-y.

Matt et Roy Callum installèrent confortablement Lily à l'intérieur du monospace. Vincenzo prit place à côté d'elle pour la surveiller. La nuit était tombée, l'air était électrique, pesant. Tous s'organisèrent pour suivre la voiture du policier.

— Monsieur Callum, dit Vincenzo, vous nous attendrez dans la voiture.

— Je veux vous aider, répondit l'inspecteur.

— Vous nous aiderez en restant en dehors du cimetière et en priant. Je ne veux pas prendre le risque que le démon s'attaque à vous. J'ai d'autres choses à gérer que votre protection.

Vexé, Roy Callum hocha la tête. Vincenzo ferma les yeux. Il se conditionnait pour le futur combat qui s'annonçait terriblement compliqué.

Toute la troupe arriva devant le cimetière d'Highgate. Une file de trois voitures se gara sur le trottoir en face du grand portail en fer forgé où attendaient Dimitri, Carlo, Daniel et le vampire, toujours endormi et couché à même le sol.

Vincenzo se dirigea vers Dimitri.

— Vous avez fait un excellent travail, monsieur Marchand.

— Cela n'était qu'une amusette, répondit Dimitri, le plus dur reste à accomplir.

Vincenzo se tourna vers le groupe.

— Écoutez-moi bien, nous devons nous rendre à l'endroit exact où a eu lieu le rituel. Est-ce que quelqu'un peut nous y conduire ?

L'homme qui avait protesté avant le départ de la troupe se portait volontaire. Visiblement, sa femme avait réussi à lui faire changer d'avis après une discussion houleuse sur le parvis de la demeure des Swanson.

— Puis-je avoir votre nom, demanda Vincenzo.

— Marty Devereux, je m'appelle Marty Devereux.

Anne Swanson cria lorsqu'elle découvrit Charlie Wilson endormi au pied de Daniel. Sa plainte raisonna dans le silence de la nuit. Des oiseaux, réveillés par le bruit, s'envolèrent ensemble d'un arbre. Élisabeth et Margareth se précipitèrent vers elle pour tenter de la calmer. La pauvre femme ne s'attendait pas à voir son ami dans un si piteux état.

— Bien, allons-y. Monsieur Zio, occupez-vous de notre vampire. Je me charge de mademoiselle Tremblay.

Il fit basculer Lily Tremblay sur son épaule. Elle ne pesait pas plus de cinquante kilos et semblait minuscule sur l'épaule de l'exorciste qui la tenait fermement d'une main.

La petite troupe s'aventura à l'intérieur du cimetière. Marty Devereux ouvrait la marche, suivi des Purificateurs puis des satanistes. Ils avançaient la tête baissée, hagards, honteux, terrifiés. Les femmes se retenaient de pleurer. Élisabeth et Margareth entouraient Anne Swanson qui n'arrêtait pas de renifler. Margareth lui tendit un mouchoir en papier. Dans le regard de la jeune femme, qui la remercia à mi-mot, elle put lire une peur panique. À tout moment, Anne pouvait faire une crise et devenir incontrôlable. Et dans cet état, le démon aura une porte grande ouverte et en profitera pour la posséder.

# Flash-back n° 4

Lily Tremblay ajusta sa robe et attacha ses longs cheveux avec une pince. Elle était pressée, pas le temps de se coiffer correctement. Ses yeux bouffis par les larmes se posèrent sur le miroir. Elle était dans un état pitoyable, sans maquillage. Mais avait-elle l'esprit à la coquetterie ? Encore sous le choc par la visite nocturne de Charlie, elle n'avait qu'une seule idée en tête : le sauver.

Son téléphone sonna. C'était sa secrétaire. Lily refusa l'appel. Elle savait que son supérieur l'attendait pour une réunion importante au sein du cabinet d'avocat qui l'employait. Un cabinet très prestigieux de Londres. Lily Tremblay, fraîchement diplômée, travaillait depuis peu dans ce cabinet. Son mentor, franc-maçon, l'y avait fait embaucher. Et jusqu'à aujourd'hui, elle n'avait jamais manqué une seule réunion, n'avait jamais perdu une seule affaire, avait toujours été très assidue. Jusqu'à aujourd'hui…

Elle prit au passage son sac à main et sortit dans la rue. Elle parcourut à pied deux pâtés de maisons et s'arrêta devant une magnifique bâtisse aux briques rouges. L'inscription sur la boîte aux lettres indiquait : « Monsieur Oscar Robinson, madame Janet Robinson et leurs enfants ». Elle actionna la sonnette d'appel. Une blonde très élégante d'environ quarante ans vint lui ouvrir la porte.

— Lily ? Qu'est-ce que tu fais là ?

— Je dois te parler.

Janet Robinson souffla, mais se poussa pour laisser entrer la jeune femme. Lily se dirigea vers la cuisine où deux adolescents prenaient encore leur petit-déjeuner. Elle les salua de la main en esquissant un petit sourire. La maîtresse de maison arriva derrière elle.

— Tu as une mine affreuse. Veux-tu un café ?

Puis ce tournant vers les gamins.

— Dépêchez-vous, vous allez être en retard pour le collège.

Restées seules, Lily et Janet se regardèrent pendant un moment. Janet termina sa boisson puis posa sa tasse dans l'évier.

— Bon, dit-elle, je pensais avoir été claire, je ne veux plus te voir chez moi, aucun contact, rien. Cette histoire est allée trop loin. D'ailleurs, je vais faire nettoyer la cave. Je ne veux plus participer à ces conneries. C'est déjà assez d'avoir un franc-maçon pour mari !

— S'il te plaît Janet, écoute-moi, j'ai vraiment un grand service à te demander.

— On les connaît ces services ! Ça commence par des parties de barbecues au bord de la piscine, ça se termine en messe noire et en orgie. Ce n'est pas que je n'aime pas le sexe, et je ne vais pas te cacher que ces soirées très érotiques vont me manquer, mais là, on est allés trop loin.

— On doit sauver Charlie, dit Lily d'une voix implorante et au bord des larmes.

Janet Robinson foudroya son amie du regard.

— C'est Charlie qui a voulu sa perte ! C'est lui le seul responsable de son état ! Il est devenu un monstre ! Il a déjà tué des prostituées. Nous ne pouvons plus rien faire pour lui. C'est trop tard. Le pacte qu'il a contracté ne peut pas se dissoudre.

— Charlie est venu me rendre visite cette nuit. Il est malheureux. Je sais qu'on peut le sauver. Un rituel existe pour forcer Hécate à nous le rendre. Ce que je te demande, c'est d'essayer. Si ça marche pas, je me ferai une raison. Mais je ne veux pas le laisser tomber avant d'avoir tout tenté pour le sauver.

Lily se mit à pleurer. Janet Robinson la prit dans ses bras.

— Calme-toi, s'il te plaît. Je sais que c'est dur, je sais que tu l'aimais et que tu l'aimes encore. Par amitié et pour les bons moments que nous avons passés et pour tout le plaisir que nous nous sommes donné, je te promets de regarder le rituel.

Lily s'essuya les yeux.

— Je te remercie.

— Ne me remercie pas. Je pense surtout à ces pauvres femmes qui sont mortes à cause du monstre que nous avons créé. Il faut faire cesser ces drames. Reviens ce soir. Je vais avertir les autres.

Lily hocha la tête et sortit. Elle grimpa dans sa voiture et se rendit au bureau. Mais aujourd'hui, elle n'avait pas la tête au travail et prétexta un vilain rhume pour rentrer chez elle. Elle passa une partie de la journée à prier, à implorer l'aide du Seigneur et une autre partie à lutter contre les démons qui l'assaillaient.

\*\*\*\*

Janet Robinson jeta un coup d'œil à sa montre. Il était presque l'heure d'initier le rituel. Elle regarda son mari qui amenait une poule brune dans une cage et lui signifia son approbation par un signe de tête. Oscar ne s'était pas montré enthousiasme à l'idée de participer à cette messe noire, mais Janet avait su lui apporter des arguments convaincants. Notamment, elle lui avait offert un petit séjour à Marrakech pour un week-end de débauche. Comment résister à l'appel du sexe ? Oscar n'avait, justement, pu y résister. Il se voyait déjà dans un bar branché de la « Perverse du Maroc », attendant qu'un rabatteur vienne lui livrer de la chair fraîche. Il aimait les filles encore jeunes, prépubères. Une pratique interdite en France (on travaillait à la rendre légale), mais tolérée au Maroc. Il suffit d'avoir de l'argent pour que les autorités ferment les yeux. Et Oscar Robinson ne manquait pas d'argent.

Devant l'autel satanique maintenant paré de ses bougies noires, de son calice taillé dans un crâne humain, de son crucifix inversé, de son grimoire de magie kabbalistique, de son pentagramme, de sa statue de Baphomet, se tenait Lily Tremblay. Elle regarda ses amis s'asseoir sur les chaises autour de la table rituelle. Les Swanson, les Macquarie, les Devereux, les Lewis étaient déjà assis autour de l'autel satanique. Oscar Robinson rejoignit ses camarades autour de l'autel et prit place sur une chaise. Janet Robinson posa sur l'autel une statuette personnifiant la déesse Hécate.

— Merci à tous, dit Lily, merci vraiment de tout mon cœur et merci pour Charlie. J'espère que nous le ferons revenir parmi nous.

— On essaiera, dit Kevin Swanson, même si je trouve la manœuvre très risquée.

Anne Swanson se leva.

— En tout cas, moi je le dis ouvertement aujourd'hui et devant tous, c'est la dernière fois que je participe à une réunion de ce genre. Dès demain, j'irai me purifier à l'église et je couperai les ponts avec vous tous. Ce qui se passe ici est contre nature. Si je participe à cette dinguerie, c'est pour arrêter le massacre des prostituées, pas pour ce monstre de Charlie. Que cela soit dit ! Maintenant, vous pouvez me juger, j'en ai rien à foutre !

Son mari tira sur sa manche pour la faire rasseoir.

— Je pense comme elle, dit Jemina Macquarie. Avant, je croyais que tout cela était des conneries, qu'il n'y avait rien de dangereux. Là, je ne suis plus sûre de rien. Et, je vous le dis, j'ai demandé à Ruben de quitter la franc-maçonnerie, parce que j'ai réalisé que la franc-maçonnerie est satanique. C'est cela ou le divorce et je pense qu'il l'a compris.

Ruben Macquarie baissa la tête. Marty Devereux lui tapota sur l'épaule pour le réconforter.

— Quoi qu'il arrive, dit-il, on restera toujours amis.

Carl Lewis prit la main de sa femme et se leva à son tour.

— Moi aussi je compte quitter la franc-maçonnerie. Nous en avons beaucoup discuté avec Julia et nous projetons de déménager dans une semaine afin de nous construire une nouvelle vie.

— Pour nous, continua Julia Lewis, ce rituel sera le dernier et cela, peu importe les conséquences de ce soir. Ensuite, j'espère bien oublier toute cette histoire.

Lily prit place devant l'autel, face aux autres, à côté de Janet Robinson qui s'apprêtait à démarrer la séance. Depuis le début des réunions secrètes, Charlie avait toujours tenu le rôle du prêtre noir, aidé par Janet. Cette dernière était à l'origine de ces séances occultes et ses talents de sorcières étaient indéniables. Comme ceux de Charlie d'ailleurs. Lily avait décidé d'assister Janet. Remplie d'espoir, concentrée, elle ne pensait qu'à une seule chose : sauver l'homme de sa vie.

Janet alluma les bougies noires. La messe noire commençait. Tous se turent et attendirent le signal. Janet leva sa main gauche et traça le signe de croix inversé sur les participants.

— Je te salue Satan ! Que ton règne vienne, que ta volonté surgisse, que notre dévouement te parvienne.

Tous firent le signe de la croix inversée sur eux, même Anne dont les mains tremblaient.

— Je t'invoque, oh Prince des Ténèbres ! Nous, tes humbles serviteurs remplis d'orgueil, nous t'invoquons.

Lily prit la poule dans sa cage et la tendit à Janet qui lui tordit le cou. CRAC. En un instant, la gallinacée fut tuée. Janet la posa sur la table des offrandes et, d'un geste sec et maîtrisé, lui ouvrit la gorge à l'aide d'une dague à l'effigie de Satan. Le sang se répandit sur la table. Elle en humidifia son index et dessina, sur son front, la croix inversée. Puis, elle fit de même avec Lily et les autres participants. À présent que tous étaient garnis de leur croix inversée sanglante, elle recueillit le liquide dans le calice. Pendant ce temps, Lily s'ouvrit le poignet et fit couler un peu de son sang dans le même récipient.

Après quelques incantations et oraisons funestes, Janet prit le calice et but une lampée de liquide rouge.

— Oh, Adversaire, oh Maître absolu de toutes les perversités, entends notre supplication, nous avons besoin de toi. Nous t'offrons ce sang.

Elle tendit le calice à Lily qui avala aussi une gorgée de sang.

— S'il te plaît, Satan, entends nos prières. Nous t'invoquons afin que tu nous rendes l'âme de Charlie. En échange, nous te donnons nos semences.

Tous les hommes ôtèrent leur toge noire. Ils se levèrent, nus comme des vers, et se tinrent devant l'autel. Leur sexe pendouillait lamentablement entre leurs cuisses. Ils l'attrapèrent et le caressèrent. Les femmes se levèrent à leur tour et se dévêtirent. Chacune s'agenouilla en face d'un homme – interdiction de s'agenouiller devant leur mari – et léchèrent goulûment ces verges pour les dresser fièrement. Lily et Janet se mirent aussi à l'ouvrage. Elles se partagèrent Kevin Swanson qui ferma les yeux pour mieux se concentrer. On n'entendit plus que les râles de plaisirs masculins. Les sexes se gonflaient, se dressaient et au bout d'un certain temps, chacun éjacula dans le calice encore rempli du sang de la poule auquel se mélangeait le sang de Lily.

Janet leva le calice en direction du pentagramme qui ornait le mur.

— Oh Satan, reçois cette offrande.

Puis, les femmes se couchèrent sur l'autel et ce fut au tour des hommes de se mettre à l'ouvrage. Enfonçant leurs doigts, léchant habilement ces vulves, ils travaillèrent à donner du plaisir à ces dames. Les vagins s'humidifiaient, les clitoris enflaient, l'extase venait.

Soudain, un coup de tonnerre retentit suivi d'une bourrasque qui éteignit les bougies noires et renversa le calice. Tous sursautèrent et s'immobilisèrent. Hécate apparut dans une fumée noire. Son visage était figé en un masque de dégoût et de colère. Ses yeux lançaient des éclairs de haine.

— Et vous avez cru me berner avec ce rituel, cria-t-elle.

Sa voix résonna contre les murs. Anne se mit à pleurer. Personne n'osa bouger.

— Pauvres gens, tonitrua la démone, pauvres imbéciles !

Janet se redressa et s'agenouilla devant elle.

— Oh déesse, nous n'avons pas voulu t'offenser, nous voulions récupérer notre ami.

— Vous avez voulu me tromper ! Avez-vous cru être plus puissants que moi ? Ou peut-être avez-vous cru que je ne remarquerais pas votre outrage ? Pour cette insulte à mon intelligence, vous périrez, chacun votre tour, dans d'atroces souffrances. J'en appelle à Empuse.

Une forte odeur de pourriture envahit la pièce. Lily et Anne ne purent retenir un cri de frayeur. Déjà, tous couraient pour attraper leur toge et fuir de ce lieu. Ruben Macquarie arriva le premier devant la porte de la cave, prêt à l'ouvrir, lorsque la démone, d'un geste de la main, la fit se refermer à distance. Un autre geste de la main et une force invisible poussa le pauvre homme au milieu de la pièce.

— Personne ne sortira d'ici sans avoir entendu sa sentence et vu son bourreau, cria Hécate.

Une femme aux cheveux hirsutes et aux yeux rouges se matérialisa. La prédatrice scruta un par un les satanistes et se lécha les babines.

— Je vous présente Empuse, ma fille. N'est-elle pas merveilleuse ? Elle se fera un plaisir de s'occuper de vous, chacun à votre tour, afin de vous faire regretter votre affront. La sentence est dite !

Et dans un nuage de vapeur noir, Hécate disparut ainsi qu'Empuse. Tous se regardèrent, terrifiés.

— Qu'allons-nous devenir, gémit Anne. Tout ça c'est de ta faute, espèce de salope !

Elle se jeta sur Lily qui l'évita de justesse. Kevin Swanson se précipita sur sa femme et la força à se calmer. Cette dernière s'effondra dans ses bras.

— Que pouvons-nous faire, demanda Bethany Devereux.

Du liquide vaginal dégoulinait encore entre ses cuisses qu'elle essuya avec sa toge.

— Rien, dit Ruben Macquarie.

— Je vais contacter un sorcier très puissant, dit Janet, peut-être qu'il pourra nous aider.

Julia Lewis lui envoya un regard de dédain. Oscar Robinson se tourna vers Lily.

— Nous avons essayé et nous avons échoué. Et à cause de toi, nous sommes certainement tous condamnés. À partir de cette nuit, je ne veux plus jamais te voir, nous ne nous connaissons plus.

Lily hocha la tête. Les yeux humides, elle partit sans dire un mot. Son sort était scellé, elle le savait, mais elle ne baissait pas les bras. Sa dernière chance : activer le plan B. Ce plan de secours qui consistait à supplier Hécate de la transformer en vampire.

Une fois partie, les autres se regardèrent. Un long silence s'installa, pesant, électrique. Janet Robinson le rompit.

— À partir de maintenant, nous ne devons plus avoir de contact entre nous. Nous devons oublier toute cette histoire, ne plus y penser. Et surtout, oublier la magie. J'y renoncerai aussi après avoir vu ce sorcier qui pourra peut-être nous libérer.

— Et comment on saura si ton entreprise a réussi, demanda Jemina Macquarie.

— Je mettrai un mot dans vos boîtes aux lettres. Maintenant, que chacun rentre chez lui. Je vais ranger la cave et demain à la première heure, je brûlerai l'autel satanique et tous les objets rituels. Oscar m'aidera.

— Je savais que toute cette histoire tournerait au drame, dit Julia Lewis.

Ils se séparèrent en effet. Mais pour les Robinson, il n'y eut pas de lendemain. Janet Robinson n'eut pas l'occasion de faire disparaître l'autel satanique de sa cave. La femme de ménage retrouvera la famille Robinson le lendemain matin, morte, mise en pièce par Hécate.

# Retour au présent

Toute la troupe s'aventurait au plus profond du cimetière d'Highgate, là où presque personne n'y allait. Au fur et à mesure, les tombes devenaient de plus en plus délabrées, usées par le temps. Les Purificateurs notèrent quelques dégradations. Encore des satanistes ou des jeunes en mal de sensations fortes ! Aujourd'hui, on ne respecte même plus les morts ! Plus rien n'est sacré !

Matt et Daniel se rapprochèrent de Dimitri.

— Nous venons d'en discuter, dit Daniel, et nous n'avons pas compris pourquoi la franc-maçonnerie est dangereuse.

Le démonologue sourit. Combien de fois lui a-t-on posé cette question ? Une bonne centaine de fois ! À force, il avait imaginé une réponse claire et concise pour expliquer la franc-maçonnerie.

— La franc-maçonnerie vise la destruction de la chrétienté afin de mettre en place le Nouvel Ordre Mondial. La franc-maçonnerie est mondiale et se divise en obédiences. Les francs-maçons de haut grade dirigent toutes les obédiences, ce sont les Illuminati. Ces derniers contrôlent la franc-maçonnerie et donc dirigent le monde et font en sorte que toutes les obédiences travaillent à mettre en place le Nouvel Ordre Mondial. Beaucoup de francs-maçons n'ont pas conscience de cette supercherie en intégrant une obédience, beaucoup sont persuadés d'œuvrer pour le bien de l'humanité. Ils s'aperçoivent du mensonge une fois qu'ils ont atteint les plus hauts grades, mais là, ils ne peuvent plus faire machine arrière, ou très difficilement. Le Mal est trop imprégné à l'intérieur de leur cœur. Il contrôle leurs esprits, il les empêche de voir la vérité. Donc, et c'est cela qu'il faut retenir, tous les francs-maçons sont satanistes, même si beaucoup ne savent pas qu'ils servent Lucifer. Tous travaillent pour Lucifer. Lucifer est le maître suprême de la franc-maçonnerie. C'est lui qui dirige les Illuminati et c'est par les Illuminati qu'il déploie ses tentacules et qu'il propage ses idées démoniaques. C'est pourquoi nous luttons contre la franc-maçonnerie, mais le combat est spirituel. Beaucoup pensent que la franc-maçonnerie est sans danger, et ils se trompent. La franc-maçonnerie est une société secrète remplie d'hommes et de femmes vaniteux, outrecuidants, suffisants et avides de pouvoir, qui ne désirent que l'enrichissement personnel et qui se croient supérieurs au commun des mortels, une élite. Cela ne vous rappelle-t-il pas une histoire biblique, celle de la déchéance de Lucifer qui, gonflé par son orgueil, a défié Dieu et voulait prendre sa place ? La franc-maçonnerie prône la liberté, tant que celle-ci ne dépasse pas celle dictée par la franc-maçonnerie, prône l'égalité, tant qu'elle ne touche que les francs-maçons et la fraternité, encore une fois, qu'entre francs-maçons. Dans la franc-maçonnerie, tout est caché, secret. Par exemple, un novice ne connaît pas le compagnon, qui est un plus haut grade, et le novice n'a pas le droit d'assister à une tenue de plus haut grade que lui. Enfin, la franc-maçonnerie dirige tout, les médias, les politiques, la finance, les industries... Et lorsqu'un gouvernement est composé de beaucoup de francs-maçons, le pays vivra des heures très sombres.

— Nos hommes font partie de l'obédience Human Rights, dit Matt. Cela fait référence à quoi ? Et c'est quoi au juste une obédience ?

— La franc-maçonnerie est comme une ramification de nombreux courants de pensée, comme une pieuvre composée d'une multitude de tentacules. Un tentacule représente une obédience et dans l'obédience on trouve un nombre défini de francs-maçons. Dès qu'ils commencent à être trop nombreux, on crée une nouvelle obédience. L'obédience Human Rights ressemble à celle du Droit Humain en France. Je préfère vous parler de la France parce que c'est mon pays. L'obédience du Droit Humain a de nombreuses ramifications partout dans les grandes villes. C'est une obédience mixte. De nombreux hommes politiques en sont issus et c'est pour cela que la France va mal. De nombreuses lois qui passent au Sénat sont d'abord discutées lors des tenues. C'est une véritable catastrophe. Ce sont les francs-maçons qui détricotent toutes les valeurs humaines, comme celle de famille par exemple. En prônant les idées de Lucifer, ils détruisent les valeurs humaines, l'humanité.

— C'est ici, cria Marty Devereux.

Il s'arrêta au pied d'une grande colonne au sommet tronqué envahie de lierre et entourée de mauvaises herbes piétinées.

— C'est là que Charlie a réalisé le rituel.

Daniel posa le vampire toujours inconscient à terre. Vincenzo fit de même pour Lily, elle aussi inconsciente. Ses paupières esquissaient des mouvements. Elle doit rêver, pensa le prêtre. Il se tourna vers Daniel.

— Monsieur Zio, s'il vous plaît, veuillez attacher ces personnes. J'ai peur que lorsqu'elles se réveillent, elles ne se montrent pas très coopératives.

Dimitri vint l'aider dans cette tâche. Lorsque Lily et Charlie furent solidement ligotés à la colonne par des cordes, Vincenzo fit face aux autres.

— Voilà comment nous allons procéder : dans un premier temps, nous allons forcer Hécate à apparaître, puis nous la lierons et nous lui ordonnerons de nous remettre le pacte. Je ne peux garantir le succès de cette opération. Tout ce que je peux vous dire, c'est que je ferai de mon mieux pour vous sauver. Mais cela dépend aussi de vous, de votre conversion. N'oubliez pas que c'est vous qui avez appelé le démon. Vous l'avez décidé de votre propre chef. Et en pleine conscience de vos actes, vous avez renié le Christ. Et vous devez vous repentir, sinon cela ne marchera pas.

— Comment faire, demanda Anne.

— Vous devez chercher dans votre cœur votre propre clémence, répondit Vincenzo. Nul ne peut le faire à votre place. Vous devez promettre une conversion sincère, ce qui implique que vous vous détournerez à jamais de l'ésotérisme et donc, aussi, de la franc-maçonnerie.

— Avec mon mari, dit Julia Lewis, nous nous sommes déjà rendus à l'Église, nous avons prié. Et Dieu vous a envoyé pour nous sauver.

Marty Devereux ricana.

— Foutaise tout cela ! Seul un démon peut nous sauver d'un autre démon.

— On ne remplace pas un mal par un autre mal, dit Carlo, cela ne fait qu'aggraver le premier mal. Dieu vous a créé en être libre, et c'est avec cette liberté que vous devez choisir d'être sauvé ou de rester l'esclave du démon.

— En tout cas, il est hors de question que je renonce à la franc-maçonnerie. Renoncer à ma carrière et à mes privilèges est inconcevable.

— C'est que tu n'as rien compris, cria Bethany Devereux. Tu risques la mort, tu joues avec nos vies, mais tant que ta carrière est préservée, cela ne te dérange pas. T'es un pourri !

— Réfléchis un peu, dit Carl Lewis, ton argent ne te servira à rien devant le démon.

— J'vous ai ramené là, j'ai fait ma part. Maintenant, j'me tire. Vous êtes de simples esprits, c'est pour ça que vous avez peur. Perso, je suis au-dessus des lois divines.

Et il partit, laissant en plan le groupe. Bethany se mit à pleurer. Ce fut Anne, plus calme à présent, qui la consola.

Vincenzo, Carlo et Margareth commencèrent les préparatifs pour le rituel de purification. Chacun se munit d'un crucifix et d'eau bénite. Carlo entoura Charlie et Lily de sel exorcisé. Tout était prêt, chacun attendait le début du combat. Matt alluma sa caméra. Vincenzo fit réunir les satanistes autour de la colonne, les fit asseoir à même le sol et fit signe aux Purificateurs de les encercler. Julia et Carl Lewis, Kevin et Anne Swanson et Bethany Devereux se tenaient autour de la colonne. Lorsque tous prirent place, Vincenzo embrassa la Bible et commença le Rituel par le signe de la Croix.

— Au Nom du Père, du Fils et du Saint-Esprit.

Tous répondirent en cœur « amen » en traçant le signe de la Croix sur eux. Vincenzo enchaîna par le Notre Père, repris aussi par les autres. Anne Swanson ferma les yeux et pria, un long frisson d'angoisse parcourut Bethany. Vincenzo continua le rituel d'exorcisme.

— Oh Dieu, dont vraiment nous obtenons toujours la miséricorde et le pardon, accueille notre prière, afin que tes serviteurs séduits par la chaîne des péchés soient pardonnés par la clémence de ton amour miséricordieux. Seigneur saint, Père omnipotent, Dieu éternel, Père de notre Seigneur

Jésus-Christ, toi qui as condamné ce tyran apostat au feu de la géhenne, et qui as envoyé ton Fils Unique en ce monde pour défaire cet être rugissant, viens vite, accélère ta venue, pour lui arracher ces hommes et ces femmes que tu as créés à ton image et ressemblance, en le soustrayant à la ruine…

Au loin, un éclair zébra le ciel, suivi du vacarme assourdissant du tonnerre. Le vent commença à se soulever et balaya les feuilles mortes. Des tourbillons se formèrent un peu partout autour de la colonne. Tous sursautèrent, sauf Vincenzo qui ne se laissa pas perturber.

— … et au démon de midi. Inspire Seigneur, la terreur à cette bête immonde qui fait des ravages dans ta vigne. Donne à tes serviteurs la confiance pour pouvoir combattre de manière toute puissante ce dragon malfaisant,…

Au sol, Lily se mit à mugir. Les yeux révulsés, elle grognait comme un animal sauvage. Vincenzo s'accroupit près d'elle et dessina la croix du Christ sur son front. Le visage de Lily était un masque de haine tourné vers l'exorciste. Elle vociféra des insultes, mais le prêtre n'y prêta pas attention et continua sa prière.

— … afin que celui-ci ne méprise pas ceux qui mettent leur espérance en toi et qu'il ne puisse dire ce qui fut dit déjà à Moïse par le pharaon : « Je ne connais pas Dieu et je ne veux pas laisser le peuple d'Israël s'en aller. » Que ta main toute puissante l'oblige à sortir de tes serviteurs…

Un cri de rage transperça le silence de la nuit. C'était Charlie. Vincenzo fit signe à Carlo de s'en charger. Ce dernier s'agenouilla à ses côtés et le bénit de la Croix du Christ. Le vampire montra deux crocs aiguisés et tenta de mordre Carlo qui esquiva l'attaque. Un autre cri s'éleva dans la nuit, c'était Kevin Swanson. De violents spasmes le secouaient. Margareth se précipita sur lui et s'efforça de gérer la crise. Tout autour, le vent avait gagné en puissance, les bourrasques faisaient voltiger les feuilles, Matt luttait pour tenir sa caméra sans trembler. Élisabeth vint prêter main-forte à Margareth pour maintenir le démoniaque et lui éviter de se blesser. Vincenzo continua sa prière.

— … afin qu'ils ne pensent pas pouvoir retenir prisonniers ceux que tu as daigné créer à ton image et que tu as sauvés par ton Fils. Que Lui, avec Toi, en union avec l'Esprit-Saint de Dieu, vive et règne dans les siècles des siècles.

— Amen, crièrent les Purificateurs.

— Hécate, continua Vincenzo, le Christ t'ordonne de te montrer !

Une bourrasque fit chanceler le prêtre. Un éclair zébra le ciel. Tous les satanistes sursautèrent de peur. Anne Swanson hurla de rage et se jeta sur Dimitri pour le frapper. D'un bond, ce dernier l'esquiva. Daniel se précipita sur Anne pour la maintenir. Elle déployait une force incroyable. Toujours ligotés, Charlie et Lily se mirent à rire.

— Vous ne pouvez rien faire, ils sont à moi, crièrent-ils.

Vincenzo les aspergea d'eau bénite.

— Hécate ! Je t'ordonne de te montrer !

Tour à tour, il s'agenouilla devant les démoniaques, plaqua le crucifix sur leur front tout en récitant la prière de délivrance. Il commença par Charlie Wilson qui découvrit ses crocs lorsque Vincenzo s'approcha de lui, mais qui s'évanouit dès que le prêtre apposa le crucifix sur son front.

— Daignez, mon Seigneur Jésus-Christ, bénir Charlie Wilson, votre créature. Bénissez-la de telle façon qu'aucun esprit immonde ni démon ne puissent lui nuire : qu'il ne puisse recevoir aucune tâche ; que ni leurs mauvais desseins ni leurs mauvaises actions, ni la malignité de leurs yeux et de leurs langues envenimées ni aucune persécution de leur part ne puissent avoir aucune atteinte sur lui. Éloignez de lui, Seigneur, tout mal et tout malin esprit.

Il fit de même avec Lily Tremblay qui vociféra et se débattit, avec Anne Swanson qui garda son calme, avec Kevin Swanson, avec Bethany Devereux, Carl et Julia Lewis. Le vent redoubla de violence. Vincenzo chancela à nouveau sous une bourrasque et tomba à terre. Daniel vint l'aider à se relever. Dans un craquement, la colonne se fendit en deux. Une des parties manqua d'écraser les deux hommes et chuta à quelques centimètres de leurs pieds. Élisabeth émit un petit cri de surprise. Le ciel devint noir. La caméra de Matt grésilla, de la fumée s'échappa de la batterie et elle s'éteignit. Matt la jeta à terre.

— Merde, la caméra est morte !

Une bourrasque déferla sur eux. Tous luttèrent contre le vent qui se déchaînait sur eux. Matt manqua de tomber à son tour. Des feuilles volaient autour d'eux, du sable soulevé par les rafales les frappait en plein visage. Vincenzo se redressa.

— Ça suffit maintenant ! Hécate ! Je te demande d'arrêter ton cirque et de te ramener devant moi ! C'est un ordre, ne m'oblige pas à envoyer saint Michel te chercher ! Je sais que tu le crains !

Soudain, le vent tomba et avec lui, les feuilles mortes et le sable. Margareth passa un linge mouillé sur son visage. Dimitri, les yeux rougis, recracha du sable. Près de lui, une silhouette noire se dessina. Il l'aperçut lorsqu'il redressa la tête et recula précipitamment pour se tenir hors de sa portée.

— On y est, cria Vincenzo. Père Rinaldi, veuillez me donner la réplique. Les autres, formez un cercle et priez. Que le combat commence !

Carlo se mit à côté de l'exorciste et ouvrit son manuel qu'il éclaira à l'aide de sa lampe torche. La silhouette prenait forme, jusqu'à ce qu'apparaisse une jeune femme, magnifique, à la poitrine opulente, aux longs cheveux chatoyants, aux yeux noirs. Dimitri, qui prenait place dans la chaîne humaine, ne put s'empêcher de siffler lorsqu'il vit la démone. Sœur Margareth lui envoya un regard assassin. Hécate fixa Vincenzo d'un air de dédain.

— De quel droit m'invoques-tu ?

Sa voix était caverneuse, puissante. Une voix d'outre-tombe qui n'avait rien de féminin.

— Je ne t'ai pas invoquée, répliqua Vincenzo, je t'ai ordonné d'apparaître.

— Comment oses-tu te montrer aussi prétentieux ?

— En vérité je te le dis, libère ces créatures de Dieu, et donne-moi le pacte.

Hécate se mit à rire.

— C'est pour cela que tu m'as fait venir ? Tu sais autant que moi que ton Dieu ne peut les sauver parce que justement, ils n'ont pas ce désir.

— Je te donne l'ordre, esprit immonde, créature démoniaque, esprit perfide, de libérer ces créatures de Dieu.

D'un geste, il fit signe à Carlo de commencer le Rituel de délivrance. Ce dernier débuta la litanie des saints. Hécate le regarda avec rage.

— Arrête ça tout de suite !

— Il n'arrêtera pas et tu ne peux l'y forcer, répliqua Vincenzo.

Hécate cria.

— Je ne veux pas entendre ces paroles ! Fais-le s'arrêter !

— Toi qui mènes un combat perdu d'avance contre le Christ, tu sais que le seul moyen d'arrêter tout cela est de capituler. Inutile de lutter, libère ces personnes et va-t'en sur le mont Golgotha pour te présenter devant la Croix du Seigneur.

— Je ne te remettrai pas le pacte ! Ces gens ne veulent pas leur délivrance, ils préfèrent périr dans les flammes.

Vincenzo réfléchit quelques secondes avant de se tourner vers Carlo.

— Avez-vous la prière d'autolibération dans votre manuel d'exorcisme ?

Carlo hocha la tête.

— Très bien, avec sœur Margareth, essayez de la faire réciter à chacun d'eux. Je m'occupe de mademoiselle Lily Tremblay et de monsieur Charlie Wilson.

— Qu'as-tu en tête, prêtre, demanda Hécate.

— Je vais te montrer que toutes ces créatures veulent la délivrance, puisqu'elles le demandent. Alors, tu seras obligée de me remettre le pacte.

— Et si l'un d'eux ne veut pas la délivrance ?

— Alors cette âme t'appartiendra, puisque tel sera son choix.

Hécate ricana. Élisabeth sentit un long frisson parcourir sa nuque. Elle comprit que tous ne seront pas sauvés. Vincenzo se tourna vers les Purificateurs.

— Très bien, écoutez-moi bien. Monsieur Marchand et monsieur Zio, vous allez m'aider à obtenir la délivrance du vampire et de mademoiselle Lily Tremblay. Père Rinaldi et sœur Margareth, vous vous occupez des autres. Quant à monsieur Bohé et mademoiselle Ivodric, reprenez la litanie des saints et continuez les prières afin qu'Hécate se tienne tranquille.

La démone hurla de rage. L'exorciste déposa autour d'elle du sel exorcisé, ce qui la mit davantage en colère.

— Sors-moi de là ! Je t'ordonne de me sortir de là !

Vincenzo ne l'écouta pas. Il se dirigea vers Lily Tremblay qui convulsait, suivi de Dimitri et de Daniel. Il fit signe à Daniel de maintenir fermement la jeune femme. Pendant ce temps, Carlo s'occupa des autres. Anne Wilson récita la prière sans problèmes, ainsi que Bethany Devereux. Il rencontra davantage de difficultés avec Kevin Swanson, qui, dans un premier temps, se mit à mugir, puis se calma et lut la prière. Il ne put empêcher des larmes de joie de jaillir de ses paupières lorsqu'il sentit la délivrance opérer en lui. Julia et Carl Lewis n'opposèrent aucune résistance. La grâce les toucha aussi et ils laissèrent exploser leur joie dans un torrent de larmes. Un acte libérateur, puissant, beau. Miraculeux.

Vincenzo apposa le crucifix sur le front de la jeune femme. De la fumée se dégagea de sa peau. Elle brûlait.

— Démon ! Je t'ordonne de quitter ce corps au nom du Christ ! Immédiatement !

Lily cria puis ouvrit les yeux. Elle avait repris connaissance et regardait d'un air effaré l'exorciste.

— Écoutez-moi bien, vous devez réciter cette prière afin d'obtenir la délivrance. Lisez ce texte !

Dimitri lui tendit le livre sur lequel était écrite la prière et lui montra le paragraphe.

— Si vous arrivez à lire ce texte, c'est que vous vous repentez sincèrement et que vous renoncez à toute entreprise démoniaque.

Contre toute attente, Lily le repoussa.

— Je ne veux pas, je veux vivre avec Charlie, je veux devenir un vampire comme lui pour vivre éternellement avec lui !

Hécate explosa de rire.

— Que sa volonté soit faite !

Lily convulsa. Son corps se raidit, ses yeux roulèrent dans leur orbite, elle éructa une écume blanchâtre, deux canines apparurent. Lorsqu'elle revint à elle, son âme l'avait quittée. Elle devint une damnée. Vincenzo se releva.

— Et merde ! Non ! Je dois la sauver ! Je dois trouver un moyen de la sauver.

— Je crois que l'on ne peut sauver quelqu'un qui ne le veut pas, dit Dimitri.

L'exorciste bouillonnait de colère. Hécate éructait sa joie.

— On ne peut pas gagner à tous les coups prêtre !

Vincenzo se tourna vers Charlie.

— Essayons de sauver celui-là, dit-il.

Mais Charlie Wilson refusa de réciter la prière. Il préféra la damnation pour l'éternité. Vincenzo baissa la tête et souffla puis le regarda.

— Êtes-vous conscients que je serai dans l'obligation de vous tuer ? Êtes-vous conscients que je ne peux pas vous laisser continuer à assassiner des personnes innocentes ?

— C'est pas grave, répondit Charlie, je préfère l'enfer, je préfère rejoindre mon maître. Ton Christ, je me torche dans sa toge ! Qu'il crève.

Vincenzo regarda le démonologue puis Daniel.

— Que sa volonté soit faite ! Apportez-moi les instruments.

Daniel prit le pieu et la masse. Vincenzo positionna la pointe du pieu au niveau du cœur de Charlie.

— Que manigances-tu prêtre ? Sais-tu que tu transgresses ta parole ? C'était pas notre accord !

L'exorciste ne l'écouta pas. Charlie suppliait de lui laisser la vie. Des larmes jaillirent de ses yeux sans vie et s'évaporaient sur ses joues. L'exorciste lui demanda une dernière fois de se repentir. Charlie refusa. Vincenzo détourna la tête de son visage et leva la main. D'un coup, il frappa le pieu qui perfora le cœur du vampire. Ce dernier rendit son souffle. Son âme noire sortit de son corps.

— Non, cria Lily, espèce de meurtrier !

Hécate hurla de terreur lorsque Vincenzo s'approcha de la jeune femme.

— Ne fais pas ça prêtre !

Mais Vincenzo le fit, il planta le pieu dans le cœur de Lily qui partit rejoindre les démons pour l'éternité. L'exorciste se tourna vers Hécate. Du sang maculait son visage, ses vêtements, ses mains.

— À nous deux maintenant ! Je vais te faire regretter de m'avoir forcé à tuer ces damnés ! Je t'ordonne de me rendre les cœurs que ta fille t'a portés en guise d'offrande.

Sept cœurs humains se matérialisèrent devant Vincenzo. Hécate était effrayée, mis à mal par l'exorciste, elle le supplia de la laisser s'en aller.

— Je souffre, cria-t-elle. Je t'en supplie, laisse-moi tranquille, laisse-moi partir.

— Pas avant de t'avoir renvoyée en enfer, créature impure. Par la puissance du nom du Christ, je t'ordonne de te rendre au pied de la Croix pour y recevoir ta sentence !

Hécate hurla de douleur, puis disparut dans une épaisse fumée noire. Vincenzo se tourna vers les autres.

— C'est fini, dit-il. Partons d'ici.

Margareth lui tendit un linge afin qu'il puisse essuyer le sang qui maculait ses mains.


Roy Callum, qui attendait toujours à l'extérieur du cimetière, vit revenir la troupe et ressentit une désagréable impression qui s'intensifia lorsqu'il aperçut le sang sur les vêtements de Vincenzo.

— Qu'est-ce qu'il s'est passé ?

— Nous avons fait notre travail, nous avons pu sauver quelques personnes, mais nous n'avons pas réussi à sauver les vampires. Vous trouverez leur cadavre dans le cimetière. Tenez, nous avons aussi récupéré les cœurs des victimes.

L'inspecteur regarda dans le sac que Vincenzo lui tendait. Il esquissa une moue de dégoût.

— Nous les avons délivrés de l'enfer, c'est tout ce qui compte.

— Vous avez parlé de plusieurs vampires, dit Roy Callum. Normalement, il n'y en avait qu'un seul.

— Il y aurait dû n'en avoir qu'un seul, répondit Vincenzo, mais mademoiselle Lily Tremblay a demandé à rejoindre son compagnon.

Mais Vincenzo n'arrivait pas à calmer sa colère. Il s'en voulait de n'avoir pas su sauver tout le monde. Dimitri sentit sa peine et lui tapota l'épaule.

— On ne peut sauver celui qui ne veut pas l'être. Vous avez fait votre maximum et vous avez sauvé ces gens d'une mort certaine.

Il montra Carl et Julia Lewis, Kevin et Anne Swanson et Bethany Devereux. Vincenzo sourit.

— Vous avez raison.

— Quelqu'un a vu Marty Devereux ?

— Je l'ai vu sortir du cimetière, dit Roy Callum. Il courrait comme un fou, et n'a pas voulu s'arrêter. Il doit être chez lui à l'heure qu'il est.

— Cet homme va se suicider, dit Élisabeth.

Et effectivement, le lendemain, en arrivant au bureau, Roy Callum découvrit le suicide de Marty Devereux dans le journal local. D'après l'article, Marty Devereux aurait mis fin à ses jours parce qu'il n'aurait pas accepté la disparition de ses amis. Bethany avait appuyé cette thèse. Mais l'inspecteur savait que tout cela était faux. Marty Devereux avait mis fin à ses jours parce qu'il n'avait pas accepté sa possession démoniaque.

\*\*\*\*

De retour au Vatican, le Cardinal Primiti accueillit Vincenzo et le félicita pour son travail.

— Rassurez-vous, dit-il, mon ami Roy m'a tout expliqué. Vous avez bien agi, vous n'auriez pas pu laisser deux tueurs en liberté, il fallait éliminer ces vampires.

— Je sais, répondit Vincenzo, mais je m'en veux terriblement. J'aurais dû trouver un moyen de les sauver. Même monsieur Devereux, j'aurais dû trouver un moyen de le sauver malgré lui.

— On ne peut sauver quelqu'un malgré lui, et vous le savez, dit le cardinal. Cessez de vous torturer. Vous avez sauvé les personnes qui le voulaient et leurs enfants. C'est cela le plus important. C'est cela que vous devez retenir.

Vincenzo hocha la tête.


Matt frappa à la porte du bureau de Crystal. Cette dernière, enchantée de le voir, lui sauta au cou. Matt la serra contre lui, comme cela lui faisait du bien de sentir son corps.

— Comme je suis content de te voir, dit-il.

Crystal gloussa et fit tinter ses bracelets.

— Moi aussi, ça me fait du bien de te voir petit génie. Tu m'as manqué.

Et elle l'embrassa sur la joue, un tout petit baiser qui mit Matt dans tous ses états. Il toucha sa joue sur laquelle la jeune femme avait posé ses lèvres, la regarda, puis rougit.

— Hé bien, j'aimerais partir plus souvent en mission !

— Imbécile, dit Crystal en riant.

Elle se pencha et déposa un baiser sur ses lèvres. Matt se laissa faire. Il sentit son cœur battre la chamade, tout son corps se mit à trembler. Il toucha ses lèvres.

— Ça veut dire quoi ?

— Ça veut dire que la situation entre nous va se compliquer, dit Crystal.

Matt passa ses mains autour de la taille de la jeune femme et l'attira contre lui.

— J'aime les complications.

Et il l'embrassa, tendrement, délicatement.

# La légende du cimetière de Highgate

Le cimetière de Highgate est un lieu réputé pour ses phénomènes de hantise et plus particulièrement pour son vampire qui rôderait entre les allées de tombes à la recherche de sang frais. L'histoire de ce cimetière est particulière et a fait couler beaucoup d'encre. Mais dans de nombreuses affaires comme celle-ci, on peut se poser la question si les évènements paranormaux constatés ne sont pas simplement liés à une hystérie collective.

Le cimetière de Highgate est situé dans un quartier de Londres. Ouvert en 1839, il accueille les tombes de nombreuses célébrités, comme celles de Karl Marx ou Michael Faraday pour ne citer qu'eux. C'est un peu le cimetière du Père-Lachaise en France.

C'est un cimetière très visité et admiré qui s'étend à perte de vue sur la colline d'Hampstead Hill, au nord de Londres et où les pierres tombales et autres monuments funéraires au style gothique et victorien rivalisent de beauté et d'originalité. Ce lieu est unique en son genre. À l'intérieur, l'ambiance est particulière, pesante, avec de nombreuses allées d'arbres, des tombes à l'abandon. Ici, la nature a repris ces droits, la végétation est omniprésente. Les sépultures gothiques et victoriennes nous entraînent au XIXe siècle, époque où le mythe du vampire faisait rage.

Le cimetière fait 37 hectares sur lesquels reposent (plus ou moins en paix !) 170 000 âmes. Dès les premiers pas à l'intérieur du cimetière, un sentiment d'abandon manifeste nous saute à la gorge. Des caveaux cassés, des cercueils posés à même le sol, des croix jetés à terre, des pierres tombales renversées… comme si personne ne gardait ou ne s'occupait de cet immense cimetière, comme si personne ne venait garnir les tombes de leurs chers disparus. Les lierres, les herbes sauvages… envahissent parfois totalement les tombes. Et cela est pire dans le labyrinthe géant de l'avenue réservée aux excommuniés, aux parricides et aux assassins. C'est véritablement oppressant, comme si les âmes criaient leur révolte autour de soi.

Ce cimetière londonien accueille depuis plus d'un siècle de nombreux « chasseurs de vampires », chasse qui débuta avec la mort d'Elizabeth Siddal.

De son vivant, Élizabeth Siddal a été la femme et la muse du célèbre peintre et poète Dante Gabriel Rossetti. Cette dame s'est donné la mort en 1862 par une overdose de laudanum. Elle fut enterrée dans la partie ouest du cimetière, pour le plus grand désespoir du peintre qui ne se remit jamais de cette perte terrible. Lors de l'enterrement, Rossetti déposa un exemplaire unique d'un de ses recueils de poèmes pour que sa bien-aimée puisse l'emporter avec elle.

Ne supportant pas cette terrible perte, Rossetti sombra dans la drogue et l'alcool.

Bram Stoker, l'éditeur de Rossetti, le somma, plusieurs années après le décès d'Elizabeth, d'aller récupérer le précieux carnet dans la tombe d'Elizabeth. Après plusieurs menaces, Rossetti se résolut à récupérer le manuscrit enfoui dans la tombe de sa bien-aimée. En octobre 1869, il obtint l'autorisation d'exhumer sa femme et se rendit au cimetière la nuit, pour ne pas attirer les curieux.

Accompagné de plusieurs personnes, il déterra le cercueil d'Elizabeth Siddal. Et lorsqu'il l'ouvrit, il découvrit un corps en parfaite conservation. Elizabeth Siddal était fraîche comme une rose, des cheveux soyeux, comme si la mort n'avait eu aucun impact sur elle. Bien sûr, chers lecteurs, nous n'avons aucune preuve de ses dires.

Le carnet contenant les poésies fut récupéré, le cercueil fut remis rapidement en terre. Mais Rossetti se sentit tellement coupable d'avoir profané la tombe de sa femme, qu'il tenta de se suicider en 1872 en avalant une dose de laudanum comme l'avait fait Élizabeth Siddal dix ans auparavant.

Cette terrible histoire d'amour perdu et de cadavre non décomposé aurait inspiré Bram Stoker pour sa nouvelle oh combien célèbre de « Dracula », nouvelle qui raconte l'histoire de Lucy Westenra inhumée dans un cimetière du nom de Kingstead Cemetery et revenant sous forme de vampire terroriser les vivants.

Depuis cette histoire, de nombreuses apparitions fantomatiques ou vampiriques furent signalées par de nombreux promeneurs nocturnes ou pas. Et c'est ainsi que la légende du vampire d'Highgate est née, entraînant la venue de nombreux adeptes d'ésotérisme. Depuis, on raconte beaucoup de choses à propos de ce cimetière, comme des apparitions fantomatiques, d'entités. Entraînant aussi la venue de nombreux satanistes célébrant leur messe noire et de curieux en mal de sensations fortes.

Je vous invite, chers lecteurs, à lire en détail l'article concernant cette surprenante affaire sur mon blog Journal d'une démonologue (https://journal-d-une-demonologue.fr/le-vampire-du-cimetiere-de-highgate).

# Du même auteur

Le Manipulé

Les 7 + 1 Péchés Infernaux

Je suis mort

Recueil des légendes de la Dame Blanche

Les meilleurs dossiers Warren

Les Purificateurs épisode 1: L'île Poveglia

Les Purificateurs épisode 2 : Amityville

Les Purificateurs épisode 3 : Shuyukan

Les Purificateurs épisode 4 : Robert

L'exorcisme et la possession démoniaque

L'influence du démon dans l'histoire de l'humanité

Dictionnaire de démonologie occidentale

Blog de l'auteur : Journal d'une démonologue (https://journal-d-une-demonologue.fr/)

N°siret 518 653 878 00026
2 impasse de la Grande Fontaine
84350 COURTHEZON
06 43 70 54 63

Dépôt légal : septembre 2019

Achevé d'imprimer en septembre  2019

Printed by Lulu

www.ingramcontent.com/pod-product-compliance
Lightning Source LLC
Chambersburg PA
CBHW030636130626
46552CB00002B/872